新潮文庫

ニシノユキヒコの恋と冒険

川上弘美著

目次

ニシノユキヒコの恋と冒険

パフェー

あのころ、みなみは七歳だった。

内気な子供だった。ほそい指で、いつも折り紙を折っていた。オルガン。朝顔。インコ。三方《さんぼう》。いくつでもつくり、千代紙の貼《は》ってある箱にそっとしまった。みなみはわたしがずいぶん若いころに生んだ子供だった。

みなみが七歳だったころ、わたしはまだ二十代で、ときおりみなみをうとましく感じたものだった。うとましくなった後には心がしくしく痛んで、みなみをことさらに強く抱きしめた。自分の若さと、みなみのまだあかんぼうに近いような無防備な柔らかさがないまぜになって、うとましさを引き寄せたのかもしれない。わたしが強く抱きしめるとき、みなみはいつも黙ってじっとしていた。幼いころ、いつだってみなみは黙っていた。

あのころ、わたしは恋をしていた。

恋とは、いったい何だろう。わたしが恋をしていたのは、ニシノさんという、ひとまわりも年うえのひとだった。わたしはニシノさんに何回も抱かれた。

ニシノさんがわたしの肩を最初にいだいたとき、わたしもみなみと同じように黙っていだかれていた。それが恋だの愛だのになることとは思わず、ただ黙っていだかれていた。ニシノさんに会うたびにわたしはニシノさんに寄り添う心もちになってゆき、けれどニシノさんはいつまでたっても最初と同じ心もちだったのだ。

恋とは何だろうか。人は人を恋する権利を持つが、人は人に恋される権利は持たない。わたしはニシノさんに恋をしたが、だからといってニシノさんがわたしに恋をしなければならないということにはならない。そんなことは知っていたが、わたしがニシノさんを好きであるほどはニシノさんはわたしを好きでないことがつらかったので、ますますニシノさんを恋しくおもった。

一度、夫が家にいるときにニシノさんから電話がかかったことがあった。夫は黙ってわたしに受話器を渡した。「保険会社の人」と言いながら静かに受話器を手渡した。受話器を夫から受けとり、わたしは「はい」「ええ」「いいえ」「承知しました」と言葉少なに電話口でささやいた。電話の向こう側で、保険会社の営業員らしい口調を装《よそお》いつつ「きみをいますぐ抱きたい」などという言葉をわざと間にはさむニシノさんの声に耳を傾け、わたしは「このひとをほんとうは好きではないのかもしれない」とおもっていた。

夫は、ニシノさんからの電話を受けるわたしのそばで、ひっそりと書類に目を通していた。夫はすべてのことを知っていたのかもしれないし何も知らなかったのかもしれない。ニシノさんに会いはじめ、恋し、次第にニシノさんから距離を置かれ、最後に電話もかけあわなくなるまでの約三年間、夫は何も問わなかった。

夫の清潔なうなじを見つめながら、わたしは何回でも「はい」「ええ」「そうですね」とくり返していた。ニシノさんは数分間喋《しゃべ》ってから、唐突に電話を切った。いつでも、切るときはニシノさんからだった。好きではないのかもしれなかったが、わたしはニシノさんに恋していた。

みなみと一緒にニシノさんに会いに行くことが、ときどきあった。ニシノさんがみなみを連れてきてほしいと請《こ》うのだった。

「女の子がいいな、子供は」ニシノさんはよく言った。ニシノさんは未婚だった。もう四十歳を過ぎていたろうか、その頃。夫よりも七歳ほど年上なのに、夫の持つ少しばかりひややかで落ちついた空気を、ニシノさんは持っていなかった。いつまでも、世間に慣れないような、しかしニシノさんは仕事には有能であるようだった、最初に会ったときに高い肩書のある名刺を貰《もら》って驚いた記憶がある。

ニシノさんはみなみに小さな贈り物をいつも持ってきた。「開けてごらん」ニシノさんに言われ、みなみは黙って包みを開いたものだ。かさかさと音をたて、ほそい指で赤いリボンを解いた。桜貝を貼りつけたきゃしゃな筆立て。犬のかたちの文鎮。芥子《けし》の実をまぶしたあんぱん。てのひらにすっぽりおさまる大きさのオルゴール。みなみはあまり表情を変えずにそれらの贈り物を眺め、必ず浅いお辞儀をした。「ありがとうございます」と小声で言った。

最初から、みなみはニシノさんのことを何も訊《たず》ねなかった。ただ、わたしに手をひかれ、黙ってわたしの横に影のように添っていた。みなみが夫にニシノさんのことを言うことを、果してわたしはおそれていただろうか。偶然のように、みなみがつるりとニシノさんのことを夫に告げることを、わたしはどこかで期待してはいなかっただろうか。

みなみを連れていくときには、ニシノさんはわたしを抱いてくれなかった。かわりに、テラスのあるレストランに入り、みなみが口を開く前にいちごパフェを頼み、自分とわたしには熱いコーヒーを頼んだ。いちごの季節でないときには、バナナパフェを頼んだ。

「チョコレートパフェーは駄目だよ」「パフェ」を「パフェー」とのばすように発音しながらニシノさんは決めつけ、みなみは曖昧《あいまい》に頷《うなず》いた。わたしも曖昧に頷いた。頷きながらみなみを見ると、みなみもわたしを見ていた。白目があおじろく、黒目がくっきりとまるい目で、みなみはじっとわたしを見つめた。わたしが少し眉《まゆ》を上げると、みなみは微《かす》かにほほえんで、同じように眉を上げた。

みなみは必ずパフェを残した。それでもニシノさんは常にいちごかバナナのパフェを頼んだ。

「みなみちゃんにはパフェーね」と、常よりもいくぶんか高い音の混じった声で言い、うつむくみなみの顔をじっとのぞきこんだ。

レストランを出ると、わたしたち三人は決まって公園の道を二往復した。それから駅にまっすぐ行き、改札口で別れた。切符はニシノさんが買ってくれた。大人の切符と子供の切符を、わたしとみなみそれぞれのてのひらの中に、ニシノさんは置いた。入鋏《にゅうきょう》が終わってからふり向くと、ニシノさんはにこにこしながら改札口の外で手を振っていた。みなみはふり向かずに、まっすぐ前を向いたまま階段に向かった。絶対にふり向こうとしないみなみにも、ニシノさんは手を振った。わたしに手を振り、みなみに手を振り、二人の間にある空間に、手を振った。

「おかあさん、ニシノさんて、不思議なひとだったわね」とみなみが言ったのは、みなみが十五歳になった春のころだった。

ニシノさんとわたしが最後に会ったのは、冬だった。みなみがまだ十歳だった冬に、わたしはニシノさんと別れた。わたしとニシノさんがもう会うことがない、ということを、みなみにそのころ説明したことはなかったが、以来みなみがニシノさんのことを口にすることは一回もなかった。

そういえば、何回かニシノさんと会う機会をもつうちに、いつの間にかみなみは声をあげて笑うようになっていた。笑っているみなみをわたしが眺めていることに気がつくと、みなみは恥ずかしそうに笑いやめた。それから、必ず小さなくしゃみを何回かしたものだった。

みなみが十五歳になったその春には、もうわたしはニシノさんのことを考えることはほとんどなくなっていた。突然みなみの口から出た「ニシノさん」という響きは、わたしの心にたくさんの何かを引き寄せた。久しぶりに、お腹に穴が開いて空気が漏れていってしまうような心もちになった。

「ニシノさんと、おかあさんは、恋人どうしだったんだね？」みなみはわたしの目をまっすぐに見ながら、聞いた。

考えると、わからなくなる。ニシノさんとひんぱんに会っていたときだって、わからなかった。ニシノさんとわたしが恋をしていたのか、ほんとうにわたしがニシノさんを好きだったのか、ニシノさんという人がほんとうにいたのかどうかすらも、わからなくなる。

「ニシノさんに、みなみちゃん、て呼ばれると、てのひらに濃い色の油絵の具がついて、洗っても洗っても落とせなくなったときみたいな気分になったわよ」みなみは、すっと、うたうように、つぶやいた。

その前の年ぐらいから、みなみは背が伸びはじめていた。手も、足も、長く長くなろうとしていた。新しい細胞がみなみの体じゅうに満ちていた。新陳代謝が激しいので、みなみをつくる細胞は数日で全部入れ替わっているように思えた。

「会った後は、いつまでも、ニシノさんの気配みたいなものが消えないから、困ったの」

「気配？」

「甘ったるいような苦いような、ちょっとなつかしい気配」

「みなみ、久しぶりにパフェー食べに行こうか」ニシノさんの言い方を真似《まね》して、わざとパフェー、とのばしながらわたしが言うと、みなみは笑った。

「ニシノさん、元気かな」

「元気でしょ、きっと」

「犬の文鎮は、嬉《うれ》しかったな」

わたしがニシノさんと別れた後も、みなみはニシノさんがくれた銀製の犬の文鎮をずっと大切に使っていた。コロ、と名付けて、ときどき磨き砂で磨いたりしていた。

「あの、芥子の実がのっかったあんぱんも、おいしかった」

ニシノさんには、贈り物を選ぶ才があった。わたしにも、ニシノさんは一度だけプレゼントをくれたことがある。小さな、銀の鈴だった。手に持って揺すると、りん、と澄んだ音がした。

これからはいつも、身につけていて。笑いながらニシノさんは言った。夏美さんがどこにいるか、すぐにわかるから。わかったら、どうするの。わたしは聞いたのだったか。わかったら、逃げるの？　猫に鈴をつけようとしたねずみみたいに。違うよ、夏美さんをつかまえるんだよ、夏美さんが逃げないように、いつも居所がわかるように、僕からのがれられないように。

ニシノさんの言葉にわたしはうすあかくなった。

次にニシノさんに会うときには、鈴を鎖に通し、腕につけていった。ニシノさんに抱かれている間じゅう、鈴は微かな音で鳴りつづけた。逃がさないよ、とニシノさんは言った。

どこにいってしまったのだろう、あのときの鈴は。ニシノさんの抱きかたを思い出し、一瞬わたしはものなつかしい気分になった、けれど、ニシノさんにどんなふうに恋していたのかは、やはりうまく思い出せなかった。

「ニシノさんね、みなみが大きくなったらみなみとデートしたいって言ってた」とわたしが言うと、

「なにそれえ」とみなみは叫んだ。

「そういう人だったのよ」

「やな奴《やつ》、もしかして」

「甘ったれだったのね、きっと」

「ばっかみたい」

ばっかみたい、というみなみの声は甘かった。みなみは気がついていなかったろうが、甘ったるかった。

「みなみは好きな人、いるの」

「いない」みなみは反射みたいに答え、立ち上がった。拒否的な表情になり、大股《おおまた》で、一段おきに階段をのぼり、部屋の扉をばたんといわせた。

あのころのみなみの目に、ニシノさんはどのようにうつっていたのだろうか。階段をのぼってゆくみなみのからだからは、その年ごろ特有の甘ったるい匂《にお》いが発散されていた。久しぶりに、わたしはニシノさんの声を聞きたくなった。そういう気分にさせた十五歳のみなみが、七歳のころのみなみに感じたのとは違う意味で、うとましかった。

みなみは、二十五歳になった。

何回か、恋愛もしたらしい。しかしどのときもみなみは何も言わなかった。小さいころ黙って折り紙を折っていたように、黙って恋をし、黙って恋を終えたらしかった。ニシノさんと別れてから十五年ほどが過ぎた。それだけたって、ようやくニシノさんのことをわたしはきちんと思い出すことができるようになっていた。

　このごろは特にひんぱんに、ニシノさんの声やからだつきや言葉が思い浮かぶ。そこにいるひとのように、ひんぱんだった。あんまりひんぱんなので、ニシノさんは生きていないのかもしれない、もう、と思うこともある。

　ニシノさんはそういえばすぐに「僕が死ぬときは」というようなことを口にしたものだった。わずかに甘えた口調で、言ったものだった。ニシノさんに会っていたころのわたしと、ほとんど違わない年齢にみなみがなっていることに気がついて、わたしはときどき驚く。

　昔、ニシノさんは、「ほんとうは僕は、結婚をしたいんだ」と、ときおり言った。

「したいんなら、結婚すれば」わたしが言うと、

「夏美さん結婚してくれるの」とニシノさんは聞いた。

　ニシノさんが本気でないことはわかっていたから、いつでもわたしは首を横に振った。

「なんだ、つまらない」というニシノさんの明るい口調に、心臓のへんがきゅっと縮んだ。わたしは知らないふりをしていたが、わたしと会っていたあのころ、ニシノさんにはいつもたくさんの女のひとの影がさしていた。だから、「ほんとうは結婚したいんだ」なんて、残酷なことが言えたのだ。

「ねえ、夏美さん、死ぬときには夏美さんのところに行くよ」ニシノさんが言ったことがあった。

「え」

「死ぬときには夏美さんにみとられたい」

「みんなにそういうこと言ってるんでしょ」軽く答えると、ニシノさんはいつになく真面目《まじめ》な様子で、

「そんなことないよ」と言った。


「おかあさん、庭に誰かが」みなみが呼んだ。

今日は金曜日なのだが、みなみは有給休暇をとって朝から家にいる。ときどき、みなみは理由もなく会社を休む。どうしたの、とわたしが聞くと、黙ったまま、みなみはほほえむ。

ニシノさんだ、と、わたしは直観した。

つい先ほどから煮はじめたかぼちゃのほの甘いだしの匂いが、台所じゅうに漂っている。古い冷蔵庫がじんじん鳴っている。

わたしは流しの前に立ったまま、「みなみ、見てきて」と言った。

庭へのがらり戸を開ける音がした。しばらくしてから、木製のサンダルが敷石を踏むからからという音が聞こえた。やがてサンダルの音は止まった。一陣の風が起こり、草がそよいだ。

それから、全部の音が止《や》んだ。

「おかあさん、来て」みなみが庭から呼んだ。

みなみの声がすると同時に、冷蔵庫がふたたびじんじん鳴りはじめた。

「行かないわ」台所の窓越しに、わたしはゆっくりと答えた。

窓の格子《こうし》越しに、わたしは庭を見た。

ニシノさんらしき影が、繁《しげ》った雑草の中に座っていた。

そのひとの影ごしに、むこうの風景が透いて見えていた。繁った草と混じりあうように、そのひとは、座っていた。みなみはしゃがんで、そのひとの顔を覗《のぞ》きこんでいる。

そのひとは、端然と座っている。生きていたころのニシノさんはもう少し落ち着きがなかった。いつも、そこにある空気となじまないような様子で、髪をかきあげたり目をぱちぱちさせたりしていた。

「お水？」みなみが聞いている。

「飲むの？」

影は、わずかに頷いた。

台所のわたしからは離れたところにみなみとニシノさんの影はあるのに、二人のからだの動きは、なぜだかはっきりとわたしの目にうつっていた。

わたしは蛇口を開き、薄いガラスのコップに水を汲《く》んだ。がらり戸のところまで、わたしはいっぱいに汲んだ水をこぼさぬよう、そろそろと歩いていった。

みなみは敷石の上にたたずんで待っていた。


「あれは、なに？」みなみが聞いた。

「みなみは、知っているでしょう」低い声で、わたしは答えた。

「ニシノ、さん？」

「そうね、きっと」

「ニシノさん、死んだの？」

「ええ、たぶん」

わたしとみなみはひっそりと顔を見あわせた。風鈴がちりんと鳴った。ニシノさんが草の中で身じろぎした。

「おかあさんがあげなくて、いいの」コップをわたしから受けとりながら、みなみが聞いた。

「みなみがあげてちょうだい」

「でも」

「あげてちょうだい」

みなみは口をへの字に結び、少し乱暴な足どりでニシノさんのところまで歩いていった。水がコップの中で波をたて、わずかにこぼれる。コップを渡し、みなみはニシノさんの隣にしゃがんだ。ニシノさんは両手でコップを受けとり、ていねいに水を飲みほした。

「もう一杯、ですって」空のコップをわたしの手にのせ、みなみはわたしを睨《にら》みつけるようにする。

「おかあさん、行ってあげないの？」

小さなとんぼが草の間を飛んでいた。ねこじゃらしや、いぬたでの間を、飛んでいた。ニシノさんは座って、わたしの方を見ている。ニシノさんの口が動いたが、何を言ったのかは聞こえなかった。台所に行き、わたしはもう一杯水を汲んだ。

「おかあさん、ニシノさんは、どうして来たの」みなみが聞いた。わたしは黙ったまま、ただ首を横に振った。

二杯めの水を飲みほしたあと、ニシノさんは地面に横たわった。みなみは古いデッキチェアを物置から出してきて、ニシノさんの横に据え、サンダルを脱いで腰かけた。ニシノさんと、ときおり何か言い交わしている。

「どうして来たのか、聞いても、答えてくれないよ、ニシノさん」みなみはデッキチェアの上でわたしの方に顔を向けながら、ため息の混じった声で、言った。

「来るって言ってたのよ」わたしは薄く答え、縁側に座った。

ニシノさんは目を閉じ、横たわったままハミングをしている。ニシノさんを恋しくおもっていたときの気持ちが、わたしの中にまざまざとよみがえってきた。横たわるニシノさんの鬢《びん》には白髪が多く、目や口のまわりにも皺《しわ》が寄っている。五十をとうに過ぎた者の顔だった。

「ニシノさん」わたしは初めて呼びかけてみた。

ニシノさんはハミングをやめない。浜辺の歌、らしかった。みなみが隣で「あしたーはーまーべーを」と、唱和している。わたしも縁側に座ったまま小さく唱和した。

あした浜辺をさまよえば、昔のことぞしのばるる。

「ニシノさん、この歌、今のあなたに似合いすぎよ」もう一度、今度はつとめて明るい声でわたしが呼びかけると、ニシノさんはむっくり起き上がり、えへへ、と笑った。

「夏美さん、来たよ」ニシノさんははっきりとした声で言い、手招きした。

「来たのね」ニシノさんの手招きには答えず、その場所に立ったまま、わたしは言った。

「約束したもの。夏美さんと約束したんだもの」

ニシノさんの口調だ。少し甘えたような、独特の口調だ。

みなみはあきれたような表情をしながら、デッキチェアの上で膝《ひざ》をかかえた。

「女の子の子供、できた？」遠くから、わたしは聞いた。

「結婚しなかったよ」

とんぼや蝶《ちょう》がやたらに飛んでいた。みなみの肩や腕にとまるものもあった。弱い風が風鈴を鳴らす。

「みなみちゃん、綺麗《きれい》になったね」ニシノさんは目を細めた。

「みなみちゃんとデートする約束は、果たせなかったな」

「そんな約束してないわ」みなみは口をとがらせた。

「パフェーを食べるのなんかじゃない、もっと大人のデートをしようと思ってたのに」あいかわらず、パフェー、とのばす。

「ニシノさん、あたし、パフェ好きじゃなかったのよ」みなみがいたずらっぽく言った。

「知ってたさ」ニシノさんは手をのばして、みなみのむきだしの腕をすっと撫《な》でた。

みなみにとまっていたとんぼや蝶がいっせいに飛びすさる。

「ニシノさん」そっと呼びかけると、ニシノさんはまっすぐに座りなおし、わたしのほうへ手をのべた。

「来て、夏美さん」犬のような目でわたしを見る。

「もう、いいの。あなたのところへは、もう、行かないでいいの」静かに答えた。

「来て、夏美さん、淋《さび》しいよ」

「わたしも淋しいのよ」

「みなみちゃん、夏美さんに似てないね。みなみちゃんも綺麗だけれど、夏美さんのほうが美人だった」ニシノさんは調子を変えて言った。

ニシノさんは、いつもこんなふうだった。みなみがくすりと笑った。目はおとうさん、鼻はおかあさん、口はおばあちゃんに似ているの、みなみは唱えるようにつぶやいた。

おかあさん、そんなとこにいないで、ここにいらっしゃいよ、ニシノさん、きっともうすぐ行っちゃうわよ。みなみの声にあわせるように、繁ったあじさいの葉がざわざわと揺れた。わたしははだしのまま庭に下りた。足のうらに小石がくっついた。ふくらはぎに草の実がさわった。

「だんなさんは、元気」きちんと正座したまま、ニシノさんは聞いた。

「平穏無事よ、毎日」

「平穏無事がなによりだよ」ニシノさんがそう言ったとたんに、みなみがくしゃみをした。死んでせっかくここまで来たっていうのに、なに二人で世間話してるの、と言いながら、続けさまに三回くしゃみをした。

「よく来てくれたわね」ニシノさんに近づき、ニシノさんの頬に自分の頬を寄せながら、わたしは言った。

「来たよ、約束だもの」

「そんなに律儀《りちぎ》なひとだったかしら」

「からだは律儀じゃないけれど、心の中はいつでも律儀」

変わらないわねあなたは、と言いながら、わたしはニシノさんの頬にくちづけた。

ニシノさんは泣きそうな表情になったが、泣きはしなかった。

「この庭に、僕を埋めてほしいな」ニシノさんは真面目な口調で言った。

「無理よ」みなみがくすりと笑う。

「そうだね、無理だね」

もう、いいのよ、ニシノさん。心の中でわたしは言った。来てくれただけで、嬉《うれ》しいわ。

「そうだ、せめて墓をつくってよ」パフェーを、と昔注文したときのような調子で、ニシノさんが言った。

「お墓？」みなみが驚いたように訊《たず》ねる。

「金魚の墓みたいなのでいいから」

ニシノさんの顔を見ると、生きていたころよくした、母親に叱《しか》られる子供のような表情になっていた。

「いいわよ」とわたしは答え、ニシノさんを、そっと抱きしめた。

日が落ちる少し前まで、ニシノさんは庭にいた。

わたしは台所に戻って揚げ物をした。みなみはずっとニシノさんの隣に座っていた。揚げ物の油の始末をしていると、みなみの叫び声が聞こえた。

去ったな、と思った。

しばらくするとみなみが台所に来て、視線を床に落としながら、「いっちゃった」とつぶやいた。

行っちゃったのね。わたしは声に出さずに答え、釘抜《くぎぬ》きをひきだしの奥に捜した。そうめんの入っている大きな木箱からそうめんの束をとりだし、四隅の釘を釘抜きではずした。箱をばらばらにし、いちばん小さな長方形の板を調理台にのせた。みなみが中学生の頃に使っていた習字セットを出してきて、調理台の上で墨をすり、太筆で「ニシノさんの墓」と墨書した。

庭に出て、金魚と猫の墓の隣の土に、わたしは板をつき立てた。

あのころ、ニシノさんのこと、ほんとうに好きだったです、と念じながら、わたしはしゃがんで掌《てのひら》をあわせた。みなみも隣にしゃがんだ。

しばらくわたしたちは目を閉じて掌をあわせていた。それから、一緒に顔をあげた。

いつか、パフェー、食べにいきましょうね。ゆっくりと立ち上がりながらみなみに言うと、みなみは黙って頷いた。

とんぼも蝶も、庭から去っていた。りん、という鈴の音が、どこか遠くから、聞こえた。

草の中で

十四本のろうそくを、あたしは埋めた。

少し錆《さび》の浮いた小さなシャベルで、湿った土を掘る。

空き地の入り口からずっと生い茂っている雑草、夏には背の高さほどにもなるその雑草の群を三十歩ぶんほど踏み越えてゆくと、空き地の奥に何本かの樹《き》がある。タイサンボク。それにクスノキ。あたしが知っているのはその二種類だけだ。あとは何の樹なのか、秋になれば小さなどんぐりを落とす名を知らぬ何種類かの樹がかたまって、空に向かって枝をのばしている。

樹が生えるあたりになると雑草は少しまばらになる。雑草がまばらになったところの土を、シャベルであたしは掘った。クスノキの根元のへん。十センチくらいの深さになったところで、あたしは十四本の細く短いろうそくを、穴の中に横たえた。掘り出した土を、ろうそくの上にかけてゆく。ろうそくが見えなくなると、ていねいに土をならし、立ち上がって靴の底で踏み固める。

穴を掘ったことも、そこにろうそくが埋まっていることも、わからなくなるまで、あたしは土を踏みつづけた。少しうしろに下がって、踏み固めた土を眺める。わずかに荒れた土の表面。

「ふん」とあたしは言い、雑草の中に置いてあった通学鞄《かばん》をつかんだ。シャベルをビニール袋にしまい、鞄に押し込んだ。雑草を乱暴に押しわけて、空き地を出た。秋の虫の声が空き地のそちこちから聞こえる。そのまままっすぐ、あたしは家まで歩いた。


あたしはきのう十四歳になった。ろうそくは、誕生祝いのケーキにたてられていたものだ。ゆうべ、あたしは一息でろうそくの火を吹き消した。吹き消すと同時に、父が拍手をした。それから父とあたしはケーキを切りわけ、もくもくと食べた。バタークリームでつくったバラの花びらを、あたしたちは無言でほおばった。

「おいしいね」とあたしが言うと、父はちょっと口の端を持ちあげて、頷《うなず》いた。でもほんとうは、ぜんぜんおいしくなかった。

父と二人であたしの誕生日を祝うのは、五回目だった。あたしが十歳になる前の週に、母は家を出ていった。母が出ていった次の週、十歳の誕生日をあたしは初めて父と二人きりで祝ったのだ。父の買ってきたケーキは、母がいつもあたしの誕生日のために用意してくれたケーキにくらべて、なんだかあかぬけないものだった。母の買ってきた誕生日のケーキは、カステラがもっとふわりとしていたし、生クリームをたっぷり使ったチョコレートもかかっていた。立っているろうそくは、歳《とし》の数ではなく、いつもなぜかきっちり三本だった。わざわざ電車に乗ってゆき、母は前もって大きな街の洋菓子店で、そのケーキを予約したものだった。

なぜ母が出ていったか、父は何も説明しようとはしなかった。あれ以来、父は母についてひとことも口にしない。けれど父方の叔母のナミコさんがいつか口をすべらせたので、母がどこかの男と駆け落ちしたらしいことを、あたしは知っている。

母が駆け落ちをしたと知っていることを、あたしはもちろん父に言ったりしない。あたしにとっても、父にとっても、母は存在しないものなのだ。あの日から。以後永遠に。

空き地を、あたしは以前から知っていた。空き地の奥の樹には、クワガタが集まるのだ。小学校低学年のころは、夏休みともなれば男の子たちは朝早く起きてクワガタを採りに行った。あたしも男の子たちに混じって、小さなクワをつかまえたりした。そのころは家のまわりのあちこちに空き地がたくさんあって、あたしがろうそくを埋めた空き地は、たくさんある空き地の中の一つにすぎなかった。

ここ数年の間に、どんどん新しい家が建ちはじめ、空き地はなくなっていった。クワガタやカブトムシもぐんと減った。今ではこんなに広い空き地は、ここくらいになってしまった。

中学に入ってしばらくしてから、あたしは学校帰りにこの空き地に寄るようになったのだが、人の姿はめったに見ない。小学生も、今は空き地では遊ばないのだろうか。ばったがときどき跳ねるばかりの、人けのない空き地だ。


はじめて空き地に埋めたのは、金魚のタラだった。

タラは、玄関に置いてある金魚鉢で飼っていた。その金魚鉢では、タラを飼う前には、祭ですくった金魚二匹を飼っていた。

出目金と赤い金魚の二匹を、あたしは祭の夜店ですくったのだ。金魚二匹を入れたビニール袋を提げて、祭の帰り道に熱帯魚のお店に寄り、あたしは母にまるい金魚鉢を買ってもらった。ふちがひらひらした形になっている、うすみずいろの鉢だった。すくってきた二匹には、A助とB丸という名前をつけて毎日餌《えさ》をやった。A助が出目金、B丸が赤いの。名前は、母とあたしでつけた。

けれど、A助とB丸の命は短かった。餌をやりすぎたのだろうか。それとも夜店の水槽の中でもともと弱っていたのだろうか。すくってきて三日後にA助が、四日後に

B丸が、つぎつぎに水面に腹をみせて、浮かんだ。

あたしは三日目の夜も四日目の夜も、わあわあ泣いた。五日目の朝には目が出目金のようになってしまって、父に「しおりの顔、金魚の呪《のろ》いって感じだぞ」と言われた。「父さんのばかっ」とあたしが叫ぶと、母に注意された。親に向かってばかとはなにごとです。


その日学校から帰ってくると、玄関に置いた金魚鉢の中に、A助よりもB丸よりも大きな金魚が泳いでいた。

「玄関の金魚、どうしたの」台所にとんでいって母に聞くと、母は几帳面《きちょうめん》な口調で、「熱帯魚屋さんで買ってきたの」と答えた。

父ならば、「A助とB丸がしおりを恋しがって、天国から合体して下りてきたんだ」とかなんとか答えたにちがいない。

「今度は、ずっと生きてるかな」あたしが聞くと、母はしばらく考えていたが、「わからないけど、できるだけ丈夫な金魚をさがしてください、ってお店のおじさんに頼んだから、たぶん長生きすると思う。でも絶対じゃないわよね」と答えた。

「長生きするといいね」あたしが言うと、母は頷いた。

赤くてタラコくらいの大きさなので、タラ、と名づけたのは、母である。

タラは母が出ていった次の年に死んだ。飼いはじめてから二年ちょっとたっていた。庭に埋めるのがなんとなくいやで、あたしは空き地にタラを持っていって、埋めた。ろうそくを埋めたのと同じシャベルで、空き地の入り口近くに埋めた。

秋も終わりに近かったので、雑草はまばらになっていた。一人で、シャベルを使いながら、あたしは「タラのめいふくをいのる」と何回かつぶやいた。タラ、という名前を言うのはいまいましかった。母を思い出させるので。でもタラ自身には、タラという名であることは、何の責任もない。

二年ちょっとが金魚の長生きなのかどうなのか、あたしは知らない。

タラを埋めて以来、あたしはいくつかのものを空き地に埋めた。

十一本のろうそく。おもちゃの指輪。母の鏡台の中にあった黄楊《つげ》のくし。十二本のろうそく。痛み止めの錠剤。十三本のろうそく。かえるの置物。欠けてしまったマグカップ。

母に関係あるものもないものもあった。どこに何を埋めたか、全部あたしは覚えている。

十四本のろうそくを埋めた次の週に、あたしは手紙をもらった。

下校のときに下駄《げた》箱を開けると、白い角封筒が入っていたのだ。あたしやクラスの女の子たちがふつうに使う、紅茶色や草色や桃色の、ぱりぱりしたさわりごこちの紙でできた封筒ではなくて、大人が使うような事務的な封筒だった。

表には「山片《やまがた》しおり様」と、黒のサインペンで縦に書いてあった。

裏返すと、「田辺徹《とおる》」という名があった。

おぼえのない名と筆跡だった。筆跡といったって、あたしが知っているのは、黒板に先生たちが書く字と、ノートの貸し借りをしあう東子《とうこ》ちゃんやチエの字くらいだ。

「山片しおり様」という字は、大きくて、力がこもっていた。

手紙を鞄にしまって、あたしは空き地に行った。

夏は終わったけれど、まだ空き地の草はぼうぼう茂っている。タイサンボクの横にあるいつもの石に腰かけて、あたしは手紙を開いた。

山片しおり様
突然お手紙をさしあげる失礼をお許しください。
僕は二年C組の田辺徹という者です。

まだ山片さんとは同じクラスになったことはありませんが、入学式のちょっとあとくらいから、ずっと山片さんのことは知っています。こんど、一緒に映画でも見に行きませんか。

僕は科学部に入っています。

無線が趣味です。

突然誘うと山片さんが驚くかと思って、まずは手紙を書きました。

もしいやじゃなかったら、こんど山片さんのこと誘います。

どうぞよろしく。

田辺徹

最初の「山片しおり様」と最後の「田辺徹」という名前だけが青いインクで、中の文章は黒いインクで書いてあった。名前だけあとで書き足したのかな、と思ったりしながら、あたしは三回その手紙を読み返した。

あたしは、男の子にものすごく好かれるタイプではない。たとえばチエみたいに、何週間かごとに「恋人」が変わるわけでもないし、東子ちゃんみたいに、いつも学校から一緒に自転車に二人乗りして帰る「北林くん」のような相手がいるわけでもない。男の子と遊園地に行ったり映画を見たりしたことはあるけれど、どの子ともたいしたつきあいにはならなかった。一回か二回会うと、それで終わりになる。

あたしはそっけないのだと、自分でも思う。なぜ男の子と一緒にいると楽しいのか、ほんとうのところ、あたしにはよくわからない。いろいろな男の子と遊ぶチエのことは、まだ理解できる。でも「北林くん」一人に決めて、いつも彼と一緒にいる東子ちゃんのことは、どうしても理解できない。

「しおりも、好きな男の子ができれば、わかるわよ」と東子ちゃんは言う。

「そんなもんかなあ」とあたしは答えるが、なんとなく、あたしは東子ちゃんのようには一生なれない、という気がしている。

東子ちゃんの道は、一人の男の人ときちんと恋愛をして結婚して子供を生んでその子供が孫を生んでやがて子供や孫に看取《みと》られながらやすらかに死ぬ、という道につながっているように思える。あたしの道は、たぶん、もっと違う道だ。男の人との恋愛も、子供も、いつかは現れるかもしれないけれど、思いもかけない妙な現れかたをするような、またはぜんぜん現れないような、そんな道。

「まだ中二なのに、しおりって、よくそんなこと考えるよねえ」と東子ちゃんは笑う。

「私たちだって、しおりが思うほど単純じゃないんだよ」とチエはちょっと怒った顔になって、言う。

あたしは田辺徹からの手紙を、もとのようにきちんと折りたたんで、白い角封筒にしまった。田辺徹の手紙を、あたしはけっこう好きだった。誘われたら、あたしは田辺徹に向かって頷くにちがいない。でも、それから先のことを考えると、めんどうくさかった。

一回か二回、映画を見に行って、お茶を飲んで、ゲームセンターに行くかもしれない。もしかしたら、川沿いかなにかの気持ちのいい道を、ゆっくりと散歩するかもしれない。でもそれで、終わり。

田辺徹も、まだ見ぬどこかの男の子も、あたしにとっては、この空き地に生えているどの草よりもまだ、かすかなものなのだ。あたしはため息をついて、立ち上がった。

空き地で西野君に会ったのは、田辺徹と映画を見に行った翌日の、月曜日だった。

一年のときから、西野君はあたしと同じクラスだった。そんなに目立つ子ではない。中くらいの背で、中くらいの成績。クラブはたしかテニスだったか野球だったか。よく覚えていない。

一度だけ、西野君と抱き合ったことがある。抱き合ったといっても、好きだから抱き合ったとか、そういうのではない。文化祭の準備をしているときに、脚立《きゃたつ》があたしに向かって倒れてきたのを、西野君が背中でささえてくれて、その拍子に抱き合ってしまったのだ。クラスのみんなは囃《はや》したけれど、それきりのことだ。西野君の息はあたたかくて、抱かれてあたしはいやじゃなかった。一瞬のことだけれど。

西野君は、女の人と二人で、あたしのいつものタイサンボクの横の石に座っていた。女の子、ではなくて、女の人、だ。短い髪の、色の白い女の人。

あたしは「あ」と声をあげた。西野君がいつものあたしの場所に座っていたからでも、女の人と二人だったからでも、ない。

西野君の隣の女の人が、あたしの母そっくりに見えたからだった。

あたしの声を聞いて、西野君と女の人はゆっくりと頭《こうべ》をめぐらせた。二人の動きは、きれいに同調していた。二体の人形を、一人の傀儡師《くぐつし》が同時にあやつっているような、動きだった。

振り向いた女の人の顔は、母とはぜんぜんちがう顔だった。

「あれ、山片さん」と西野君は言った。たいして驚いていないような声だ。

「友達？」あたしのほうを見てほほえんでから西野君に向きなおり、女の人が聞いた。

「クラスの子」西野君はぶっきらぼうに答えた。

クラスの子であることは事実なのだが、あたしはちょっといまいましかった。もうちょっと、違う言いかたがあるんじゃないだろうか。あたしの空き地にずかずか踏み入ったくせに、あたしをただの「クラスの子」で片づけるなんて。

「どうしたの、こんなとこで」あたしはできるだけ冷たい調子で聞いた。

「べつに」西野君は言い、立ち上がった。女の人も、西野君につづいて、立ち上がった。先ほど二人で振り向いたときと同じような、互いに同調したうつくしい動き。

「帰るわ」女の人は静かに言い、西野君の肩のあたりにそっと指を触れた。触れたか触れないか、わからないほどの動きだった。でもあたしの目には、女の人の指の動きが空《くう》に純白の軌跡を描いたように、見えた。その軌跡ははっきりと西野君の肩をよぎり、そのまままきれいな残像となった。

「また、ね」と女の人は言い、ひらりと身をひるがえして空き地から出て行った。

西野君とあたしは、じっと立ったまま、女の人の後ろ姿を見送った。

「西野君のうち、このへんなの」とあたしは聞いた。

西野君が立ったままなので、あたしも同じところに立ったままでいた。数分、それとも数秒間だろうか、よくわからない、あたしたちはしんと立っていた。

「いや」西野君は短く答えた。ひどく大人びた声だ。田辺徹や何人かの「男の子たち」とはぜんぜん違う声。教室で、あたしは西野君の声を聞いたことがあったにちがいないのだが、そのときの声をうまく思い出せなかった。でも、こんな調子の声を聞くのは、たしかに初めてのことだ。

「ここに、よく、くるの」

西野君は何も答えなかった。わざと答えないのではない。あたしの声が耳に届いていないような感じだった。あたしは大またに歩き、タイサンボクの横のいつもの石、西野君と女の人が座っていた石の上に、乱暴に腰かけた。西野君はぼんやりとあたしの動きを眺めている。

「山片んちは、このへんなの」しばらくしてから、西野君が聞いた。声が、ちがう。さきほどまで西野君が出していた声ではなくなっていた。ごく普通の中学二年生の、声変わりの途中のような、子供と大人が混じったような、あいまいな声になっている。

「すぐ近く」あたしが答えると、西野君は雑草の上に座った。ねこじゃらしが、西野君の下敷きになって折れる。あたしが前に黄楊のくしを埋めたあたりだ。

あたしはぞくぞくした。西野君の下のくらやみの中にある、朽ちかけた黄楊のくし。こわい、ともちがう、うれしい、ともちがう、いやだ、ともちがう、かなしい、ともちがう。いろいろなものが混じった、ぞくぞく。

とんぼが空を飛んでいる。見ていると、とんぼは増える。さらに見ていると、減る。そしてまたいつの間にか、また増える。

「帰る」突然西野君が言い、立ち上がった。西野君の学生服のズボンに、小さな草の実が数個ついていた。

「さよなら」あたしは石の上に座ったまま、言った。

「さよなら」西野君も言った。

草の実をつけたまま、西野君は帰って行った。

翌日教室で西野君に会ったけれど、あたしも西野君も、視線をあわせなかった。もちろん口もきかなかった。それまでも、西野君と教室の中で口をきいたことはほとんどなかった。

そういえば、東子ちゃんは、じつは北林君とつきあい始める前は、西野君のことが少し好きだったのだ。東子ちゃんは、いつもしきりに西野君のことを話したがった。

西野君のほうは東子ちゃんには興味ない様子だった。チエは、「西野なんかのどこがいいの」といつも東子ちゃんを笑ったものだった。チエの口調にほんの少し苦々しいものが混じっているように、あたしは感じていた。チエも、もしかすると西野君のことを好きなのではないか、とあたしはときどき思ったが、もちろん口には出さなかった。

そのうちに東子ちゃんは北林君とつきあうようになり、西野君のことは話題にのぼらなくなった。

その日いちにち、西野君のうごきを、あたしは目の隅で追った。西野君は、ほとんど喋《しゃべ》らない。何人かの男の子たちがかたまって喋っている輪の中に入っていても、西野君は、うん、とか、ふーん、とか相槌《あいづち》を打つばかりで、自分からは何も言わない。みんなが笑うときには一緒に笑うし、何か聞かれれば、最小限の答えを言う。そんなに喋らないのに、不思議に、無愛想だという印象は与えない。西野君が頷《うなず》くだけで、西野君が十の言葉を喋ったように相手は思うのじゃないか、という感じがした。

西野君のまわりには、不思議な空気が漂っている。クラスの子たちのまわりには決してない空気。その空気を、どこまで押して行ってもとめどがないという気が、あたしはしていた。押せば押すほど、深みにはまりこんでゆく。いくら押しても、空気の向こうにある西野君には決して届かないのだ。それでもその空気はやわらかくてあたたかくてとても気持ちがいい。いつの間にか、空気がすなわち西野君自身であると錯覚をおこさせるような、そんな空気。

田辺徹と、三回目の映画鑑賞をすることになった。「映画鑑賞」と、田辺徹は言う。その言い方が、あたしは嫌いではない。

田辺徹と二人で会った、一回目は、映画を見てから喫茶店でジュースを飲み、本屋さんに寄って田辺徹が毎月取っているという無線の雑誌を教えてもらってから、帰った。二回目は、映画を見てから喫茶店でコーヒーを飲み、鉄道模型店に寄って田辺徹が今に組み立てたいと思っている鉄道模型のモデルを教えてもらった。田辺徹は、HO《エイチオー》ゲージ派だそうだ。あたしにはよくわからないのだけれど。そして三回目も、田辺徹流に言うところの、映画鑑賞である。

「ふつう女の子は、僕みたいなのは、退屈でしょう」と田辺徹は二回目に会ったときに言った。

あたしはぜんぜん退屈ではなかったので、「そうなの?」と聞き返した。

「そうみたいだよ」と田辺徹は答え、肩にしょったリュックをひと揺すりした。田辺徹は、いつも茶色い大きなリュックをせおっている。重い、リュックだ。一回持たせてもらって、驚いた。

田辺徹のまわりには、西野君のまわりに漂っているような空気は、ない。田辺徹のまわりには、高原の朝みたいな涼しい空気が漂っている。

「無線の機械って、高いんでしょう」二回目に会ったときにあたしは聞いた。

「高いよ」田辺徹は答えた。

「おうちの人、よく買ってくれたね」とあたしが言うと、田辺徹はほほえんだ。

「兄の、お下がりだよ」田辺徹は説明した。

田辺徹のお兄さんは、大学院で建築を専攻している。「山片さんは、将来何をしたいの」と田辺徹は聞いた。しばらく考えたけれど、あたしは自分の将来のことを何ひとつ思い浮かべることができなかった。したいことも、なりたいものも、なかった。

黙っているあたしを見て、田辺徹は頭のてっぺんを掻《か》いた。「こういうことすぐに聞くから、僕は退屈だって言われるんだな」そう言いながら、頭一つ高い場所から、あたしを見下ろした。田辺徹は、背が高い。

「そんなこと、ない。ただあたしは、思いつかなくて」あたしは答えた。

田辺徹は目を細め、「山片さんて、やさしいんだな」と言ってから、顔を赤らめた。

田辺徹は、誤解している。あたしはほんとうに、思いつかないだけなのだ。したいことなど、ぜんぜんなかった。したくないことなら、いくらでもある。動物を、いじめること。しあわせな他人を、うらやむこと。髪を、短く切ること。理不尽な命令に、したがうこと。淡い色のワンピースを、着ること。その他いろいろ。

三回目の映画鑑賞をおこなってから喫茶店で紅茶を飲んだあと、田辺徹とあたしは、本屋にも鉄道模型屋にも寄らず、公園に行った。公園を、田辺徹は口ぶえを吹きながら、歩いた。あたしは田辺徹の歩調にあわせて、はやあしで歩いた。田辺徹の脚はあたしの脚よりも長いうえにさっさと歩くので、そういうことになる。

噴水のところまで来ると、田辺徹は口ぶえを吹きやめた。噴水の横手はちょっとした林になっている。田辺徹はあたしの前に立って林にどんどん入って行った。あたしは小走りになって田辺徹を追った。

木々があたしたちの姿を少し隠す場所まで来ると、田辺徹は立ち止まった。走っていたあたしは、突然止まった田辺徹の背中にぶつかりそうになった。くるりと向き直り、田辺徹はあたしの顔を見下ろした。田辺徹は、額にほんのりと汗をかいていた。

「キスしていい」と田辺徹は聞いた。

「え」とあたしは答えたが、予想していなかったわけではない。予想していたが、どうしていいのか、わからなかったのだ。田辺徹とキスをしたいんだか、したくないんだか、わからなかった。それ以上何も言わないでいると、田辺徹はかがみこんで、あたしの顎《あご》を持ち上げた。

「や」とあたしは反射的に言った。

とたんに田辺徹はあたしの顎から指をはずし、「ごめん」と小さく言った。

「ごめん、あたしこそ」と答え、あたしはあわてて田辺徹に向かって顔を差し出した。目をつぶり、田辺徹のキスを待った。

しかしいつまでたっても、田辺徹はキスをしなかった。こっそり薄目して見ると、田辺徹は噴水の方を眺めている。

「ごめん」もう一度言い、あたしは目を開けた。

「ごめんなんて、言わないで」田辺徹は言い、あたしの肩をぽんぽんと叩《たた》いた。

「早まったかな」林の外に出てから、田辺徹は言った。それから、困ったような顔でちょっと笑った。

「そんなこと、ない」とあたしは真面目《まじめ》な顔で答えたが、すぐに田辺徹と一緒に笑いはじめた。

「ちょっと、早かったかも」笑いながら、あたしは言った。

公園の道を、あたしたちは並んで歩いて帰った。手をつないでいい、と田辺徹が聞くので、あたしは頷いた。田辺徹は、歩調を落として歩いた。あたしははやあしではなく、普通に歩くことができた。

田辺徹は家の前まで送ってきてくれた。「さよなら。またね」とあたしが言うと、田辺徹はほほえみ、「またね」と言った。

遠ざかる田辺徹の背中を門の前で見送りながら、あたしは田辺徹のことを好きなのだろうか、と自問した。田辺徹のことは、好きだった。でも田辺徹とキスしたりすることが好きになれるかどうかは、わからなかった。

あたしは少し泣きたい気持ちだった。田辺徹に「将来何をしたいの」と聞かれたときに思った、したくないこと、の続きを、あたしは思い出していた。

あたしは、大人に、なりたくなかった。大人になって、知らぬ間に母にそっくりになってしまうことを、あたしは何よりも恐れていた。

空き地に、あたしは久しぶりに行った。

西野君と女の人を見かけて以来、あたしは空き地からしばらく遠ざかっていた。西野君と女の人が一緒にいるところを見たくないからだ、とは、あたしの頭は認めなかったが、あたしの気持ちの奥底にある何かは、そのことをちゃんと知っていた。

田辺徹と三回目に会った、次の日に、あたしは空き地に行った。

雑草は少し減っていた。秋も半ばにさしかかっている。まだ紅葉は始まらないが、どんぐりがいくつも、地面に落ちていた。とんぼはいなくなり、草の中で鳴く虫の声だけが、かすかに聞こえていた。

あたしはタイサンボクの横のいつもの石には腰かけず、もっと奥の、どんぐりがたくさん落ちているあたりの切り株に腰かけた。切り株の根元には、かえるの置物が埋めてある。母が結婚前から持っていたかえるの置物。昔のボーイフレンドにもらったの、と、いつか母はこっそり教えてくれた。しまめのう製の、てのひらに載る大きさの、かえるの置物である。

母が出ていってしばらくしてから父は母の持ち物を始末したが、その後もひょんな場所から母の持ち物があらわれることがしばしばあった。かえるの置物は、アルバムの入っている棚の奥に隠れていた。見つけたかえるを、あたしはてのひらに載せてみた。しまめのうの感触が、ひんやりと伝わってきた。そのままあたしは空き地に行き、ていねいに、かえるを埋めた。

切り株に座って、あたしは待っていた。なんとなく、西野君が来るような気がしていた。西野君は、あたしと会った後も、きっとこの空き地にあの女の人と一緒に、何回も来たにちがいない。あたしがいようといまいと、あの二人は、ぜんぜん気にかけないだろうことを、あたしは知っていた。誰が教えてくれたわけでもない、ただあのときの二人の様子から、知ったのである。

しばらく待つと、西野君と女の人が、来た。ひっそりと、二人はタイサンボクの横の石に座った。あたしは息をころして、二人を見つめた。

二人は、お互いの目を見ながら、何かを話している。意味のある会話のようにはみえなかった。意味のある言葉を、二人は必要とはしていない。ため息のような音をかわすだけで、二人にとってはじゅうぶんな会話になるのだ。

虫が、りいりいと鳴いている。あたしは、空き地に生える草の一本に、なっていた。ゆっくりと吹く風にそよぎながら、空き地を満たす音にただ耳を澄ませるばかりの、一本の草。

女の人が、かすかな動きで西野君の腕にふれた。女の人のその動きは、以前と同様、純白の軌跡を描くかのように見えた。草の中に描かれた、ひとすじの軌跡。そのまま女の人は西野君の腕を自分のブラウスの胸元にみちびいた。西野君はみちびかれるままに、女の人の胸のボタンを、上から順に一つずつはずしていった。白い下着があらわれる。まるい、大きな、おちちだった。さびしげな顔つきに似ず、豊かなおちちだった。

「ね」と女の人が言ったように聞こえたが、そらみみだったかもしれない。西野君は女の人の下着をはずした。下着がはずれたとたんに、女の人のおちちはそのあたりの空《くう》をみたした。空にあふれた。

「いたい」と女の人は、言った。こんどは、はっきりと聞こえた。

女の人が自分の指でおちちの先をちょっと押すと、白い液体がほとばしり出た。西野君はしずかにその白い液体を見ていた。女の人は、何回でも、指でおちちを押した。シャワーから水がほとばしるように、おちちの先から白い線が何本も空に向かってほとばしった。

「いたい。吸って」と女の人は、言った。

西野君はゆっくりとかがみ、女の人のおちちにくちびるを寄せた。西野君は頬をへこませて、いっしんにおちちを吸った。きれいな、西野君の横顔だった。いつもの西野君よりも、ずっと子供じみた顔に見えた。あかんぼうは、こんなふうにして乳を吸うのだ、とあたしは思った。女の人は、目を閉じている。表情は、なにもなく、ただ目を閉じている。

片方のおちちを吸いおえると、西野君はもう片方のおちちに顔を寄せた。そちらも吸いおえると、西野君はおちちから顔を離し、「だいじょうぶ?」と女の人に訊《たず》ねた。女の人は頷き、下着をつけてブラウスのボタンをかけた。

「ありがとう」と女の人は言った。それからふらりと立ち上がり、空き地を去った。

西野君は女の人を追わず、タイサンボクの横の石にいつまでも座っていた。あたしも切り株の上にじっと座っていた。日が暮れかけて、薄闇《うすやみ》がおりてきていた。気がつくと、あたしの頬は涙でぬれていた。

ぞくぞくしていた。いつか、西野君があたしの埋めた黄楊《つげ》のくしの上に座ったときとは、ちがうぞくぞく。

きれいだった。西野君が女の人のおちちに顔を寄せて、いっしんに吸っているさまは、なんてきれいだったんだろう。女の人も、西野君も、西野君たちをとりかこむ空気も、なにもかもが、なんてうつくしかったんだろう。いつの間にか、あたしは声をあげて泣いていたらしい。そのへんの草むらの中で鳴く虫なんかよりも、よっぽど大きな声で、前に金魚のA助とB丸が死んだときのように、わあわあと泣いていたらしい。西野君がすぐそばに立っていた。

「山片」と西野君は言った。大人びた声ではない、中学二年生の声で。

「山片、おまえ、みっともねえよ」西野君は、言った。あたしは泣きやもうとしたが、すぐには止まらなかった。

すっかりあたしが泣きやむまで、西野君は、何も言わずに、佇《たたず》んでいた。

「あれ、姉なんだ」と西野君は説明した。

ひとまわり、年の離れた姉は、ついせんだって生後六ヵ月の子供を亡《な》くしたのだ、と西野君は静かに言った。

初めての子供だった。子供の葬式をすませてすぐ姉は寝こんだ。神経を、少し病んだ。家の中に一人でいることが、できなくなった。いつも誰かが傍についていないと、不安で死にそうになる。

寝こんでも不安になっても、あふれるように出ていた乳は、なかなか止まらなかった。亡くなった子供のことを思うたびに、乳は滲《にじ》み出た。外に出ればいくらか姉の不安はおさまる。草や、樹や、土を眺めると、落ち着きが戻る。

「落ち着きが戻ると、姉は『このまま死んでしまいたい』とささやくんだ」と西野君は言った。あたしは驚いて顔をあげた。西野君はおだやかな表情だ。

「でも」とあたしが言うと、西野君は首を横に振った。

「そういうふうに、言えれば、まだいいんだって、姉は言うよ」

あまり苦しいときは、何も言えない。おちちが張っていたくてたまらないときのように、からだの中にさまざまな思いが凝り固まって、つらくてたまらない。乳がほとばしり出るように、いつか言葉が口から出てくれれば、凝りはほぐれていくらかでも楽になる。

「西野くんは、お姉さんが、好きなのね」あたしはそっと言った。

「姉が、かわいそうだ」西野君は答えた。遠い場所を見る目をしながら、答えた。

お姉さんのだんなさんはどうなっているの、とあたしは聞きたかったが、なんとなく聞けなかった。西野君とお姉さんの間にあった、あの空気は、恋愛をしている者どうしの持つ空気とはちょっと違っていたが、肉親どうしの持つ空気とも、あきらかに違っていた。

「山片って田辺とつきあってるのか」とうとつに、西野君が聞いた。

「う、うん」あたしは答えた。田辺徹と「つきあっている」のかどうかは疑問のあるところだが、あたしはなんとなく頷《うなず》いていた。

「そうか」西野君は言い、「残念だな、僕も山片のこと、ちょっと好きだったんだよな」と、続けた。

「え」とあたしが西野君の顔を見つめた刹那《せつな》、西野君はあたしの顎に指をかけ、田辺徹の千倍もなめらかにあたしの首を傾けさせ、キスをした。

西野君のくちびるが開いて、西野君の唾液《だえき》があたしのくちに流れこんできた。甘い、味がした。乳の、味だろうか。それとも西野君自身の、味だろうか。あたしは思わず西野君の腰に腕をまわし、ぎゅっと抱きしめた。

あたしたちは、長い間キスをした。西野君はあたしでない誰かを思いながら、あたしも西野君でない何かを思いながら、長い長いキスをつづけた。あたしは今まで空き地に埋めた草の中で、西野君の唾液を口いっぱいに受けながら、あたしは今まで空き地に埋めたすべてのもののことを、思い出していた。

西野君とのキスは、すてきだった。今まで知った何よりも、すてきだった。そしてまた、西野君とのキスは、さみしかった。今まで知ったどんなさみしい瞬間よりも、さみしかった。

あたしは、二度とこの空き地にものを埋めに来ないだろう、とキスをしながら思った。あたしは、誕生祝いのケーキはもういらないと、父にはっきり言えるだろう。あたしは、いつか、母に会いに行けるだろう。あたしは、今から以後、大人になることを、恐れないだろう。

西野君のキスは、十四歳のすべてを受け入れ、同時にすべてを拒むような、キスだった。あたしたちは、せいいっぱい、キスをつづけた。

「西野君、ありがとう」キスがすっかり終わってから、あたしは西野君に言った。

「うん」と西野君は答えた。それから、「ねえ、田辺徹なんかやめて、僕とつきあおうよ」と言った。

え、と言いながらあたしが驚いて西野君の顔を見ると、西野君は照れたように立ち上がり、枯れかけた草をさかんに足先で蹴《け》った。

「でも西野君、そんなにあたしのこと、好きじゃないでしょ」わたしは言った。

「そんなことない」

「だって」わたしは西野君の顔をのぞきこんだ。西野君は少しだけ顔をそむけた。

「山片みたいな奴《やつ》って、田辺徹じゃ、無理だよ」西野君はつぶやいた。

そうなの、それなら西野君なら、だいじょうぶなの。わたしは聞き返す。しょってるね、西野君。

「ちぇっ」と西野君は言った。

西野君はふたたびあたしの隣に座った。少しの間、あたしたちは手をつないでいた。田辺徹と手をつないだ時とは、まったく違うつなぎ方だった。田辺徹と手をつないだ時、田辺徹の手は遠いところからやってきた見知らぬ生きもののように思えた。大きくて、暖かくて、少し怖いような初対面のもの。でも西野君の手は、あたしにとってまるで違和感がなかった。どこまでが自分の手で、どこまでが西野君の手なのか、つないでいるうちに、わからなくなるような感じだった。

「あたし、田辺徹とつきあうの」あたしは言った。

「ふうん」つまらなさそうに、西野君は答えた。

「田辺徹はあたしと違う人だから、あたし、田辺徹とつきあうの」もう一度、あたしは繰り返した。

「はいはい、わかりました」西野君は笑いながら、答えた。あたしも笑った。

あたしたちは同時に立ち上がった。西野君の学生服のズボンにも、あたしのスカートにも、草の実がついていた。

秋はやがて暮れ、知らぬ間に冬になっていた。空気が、しんしんと冷たい。

あたしは田辺徹と、十回目の映画鑑賞をおこなった。九回目の鑑賞の後、喫茶店でコーヒーを飲み、そのころには必ず行くようになっていたいつもの公園で、あたしは田辺徹との初めてのキスを成就《じょうじゅ》させた。田辺徹は最初のとき以来ひどく遠慮深くなっていたので、いつ成就するか、あたしは心配でたまらなかった。西野君とキスをしてから、あたしは田辺徹のことがますます好きになった。さまざまな意味において。

西野君とは、今も教室では会話を交わさない。空き地に行くこともなくなってしまったから、西野君と話す機会は、ほとんどないということになる。

帰り道にたまたま一緒になったときに、あたしは西野君にお姉さんの消息を訊ねた。

「いくらか元気になった」と西野君は答えた。教室での西野君と同じ答えかただった。必要最小限の言葉。

時間が、過ぎる。あたしはこの冬、思いっきり髪を短くしようと思っている。母も、いつも髪を短くしていた。小さな頭にぴったりとはりつくような、柔らかな髪の質を、あたしは母から譲り受けている。近いうちに、母のことを、田辺徹に話そうと思う。金魚のタラのことと、誕生日のバタークリームケーキのことも、ついでに話そうと思っている。田辺徹は、どんな顔で、話を聞いてくれるだろう。

空き地は、冬に入ったすぐのころに均《なら》されて、売り地になった。冬の、淡い光の中で、あたしはときおり西野君のことを思う。西野君とは、中学を卒業してしまえばもう会うこともないだろうけれども、人生のさまざまな局面で、あたしはきっと西野君のことを何度も思い出すにちがいない。

西野君のズボンについていた、小さな草の実。空き地に埋めた、いくつかの品々。タイサンボクの横の、石。しめった土を掘る、手ごたえ。そして、乳甘い、西野君との、不思議なキス。

大人と子供のあわいにあった、十四歳のあたしたちの草の中でのできごとを、いつだってきっとあたしは鮮明に、思い出すにちがいない。

おやすみ

ユキヒコは、凶暴だった。

凶暴、などと言うとひとは驚くかもしれない。ユキヒコほど、凶暴という言葉の似合わない男はいないから。

豊かな髪。角ばっているけれど張りすぎてはいない顎《あご》。たっぷりとした黒目。つねにはしっこの持ちあげられているくちびる。

ユキヒコが声を荒らげたことは、今まで一度もない。マナミ、とわたしの名を呼ぶときの、柔らかな口調。ユキヒコはいつもほほえんでいる。わたしの視線をとらえた瞬間の、今にも笑いだしそうなくちもと。ユキヒコのなめらかな顎の下。少しのびてきた髭《ひげ》の生えたそこにさわったときの、ぞくぞくとする感触。

どこから見ても、ユキヒコはもうしぶんなかった。

会社の中でだって、そうだ。信頼される部下。気のおけない同僚。飲みに連れていってもらいたい先輩。その全部を、ユキヒコは満たしている。もうしぶんなさすぎて、つまらないくらい。

けれど、ユキヒコは凶暴だった。

最初にユキヒコにくちづけられたのが、閉めきった会議室のくらやみの中だったから、ではない。激しいくちづけの直後に会議室の机の上に上半身をおしたおされて、ゆっくりとブラウスのボタンをはずされたから、でもない。いつ誰が来るかわからないというのに、落ちつきはらってわたしの素肌にゆきとどいた愛撫《あいぶ》をくわえたから、でもない。わたしが何回も、やめて、と言うのに、そのたびに、やめないよ、と静かに答えたから、でもない。

わたしは、ユキヒコを好きだというそぶりを見せたことなど、一度もなかった。わたしは、ユキヒコの属する課の副主任である。榎本真奈美《えのもとまなみ》副主任、及び、その直属の部下、西野幸彦。わたしはユキヒコよりも三歳年上である。入社はユキヒコよりも五年前。二人きりで会ったこともなければ、好意をほのめかしたこともなかった。何回か、二人で外回りに出たことはある。電車に乗って、必要ならばバスにも乗って、何件かの打ち合わせをこなして、また電車に乗って（必要ならばバスにも乗って）、帰ってきた。報告書と伝票を提出すれば、すっかり終わってしまう、そういう時間。

けれど、最初からわたしはユキヒコが好きだった。公私混同、という言葉が、わたしの椅子《いす》のうしろを通りすぎるユキヒコの気配を感じるたびに、頭にうかんだ。わたしは仕事において成功したいと思っていたから、社内で恋愛をするつもりはなかった。

それなのに、ユキヒコがわたしの課に配属されたとたんに、わたしはユキヒコのことを好きになっていた。

好きになっていた？　そんななまぬるい言葉では、とても足りない。くるおしい、だの、熱烈、だのいう耳慣れない言葉を使ってもいいくらいのものだった。わたしは、ユキヒコに、くるおしく熱烈な恋をしていた。会った瞬間から。

そして、ユキヒコはそのことを知っていた。知っていて、しかも知らないふりをしなかった。わたしが知ってほしくないと思っていることが、わかっているくせに。

わたしがユキヒコにひそかに恋していることを知りぬいていて、わたしがその恋をどうにかして自分の中でもみ消そうとしていることも知りぬいていて、しかしユキヒコはわたしを許そうとしなかった。わたしがその恋を勝手に消滅させることを、許そうとはしなかった。

まっくらな会議室でユキヒコがわたしにくちづけたのは、五月だった。はじめてわたしがユキヒコと出会ってから一年と一ヵ月たったころ。一年と一ヵ月の間、わたしはユキヒコを恋しつづけ、その恋情を抑えこもうとつとめつづけた。ユキヒコはいつもひややかにわたしを見つめていた。抑えようとすれば抑えようとするほど、育っていったわたしの恋情。

あの五月、ユキヒコはいともかんたんにわたしを得た。採集家が蝶《ちょう》の翅《はね》をひろげ、展翅《てんし》板《ばん》に固定するように。すでにとらえられ、死んでいる昆虫を、そっとていねいに標本にするように。だって、すでにわたしはユキヒコにとらえられていたのだもの。一度もふれあったことがなくとも。一度も見つめあったことすらなくとも。

ユキヒコに出会う前のわたしならば、「なにをばかげたことを言ってるの」と笑いとばしたことだろう。じゅうぶんに知り合わないで、恋なんか始まるものじゃないわ。ひどく若いころじゃあるまいし。恋に恋していたあのころじゃあるまいし。惹《ひ》かれあったら傍に寄り、気配を感じあい、匂《にお》いをかぎあい、言葉をかわしあい、さぐりを入れあうのが、大人の恋なんじゃないの。そんなふうに言いながら、笑ったことだろう。でも、もう二度とわたしは笑えない。ばかげた恋。しびれるような、動くこともできない、うずくまった手負いのけもののような、恋。ユキヒコは、恋というものによって手負いにされたわたしを、飛び道具も使わずに、爪《つめ》も牙《きば》も使わずに、いともかんたんに手に入れた。そのときわたしはどんなにかふるえたことだろう。身のうちからわきでる、ふるえ。ユキヒコにとらえられたよろこびによって溢《あふ》れでたふるえ。

ユキヒコが、静かに、けれど確信をもって初めてわたしに触れたとき、まことに彼は凶暴だった。抑えた息づかいも、優しいしぐさも、柔らかな声も、ユキヒコの凶暴さを隠すことはできなかった。獲物《えもの》をとらえるときのけものは、いつだって凶暴なのだから。優雅な、無駄のない動きで、大きなけものは小さなけものをとらえる。優雅であればあるほど、無駄がなければないほど、けものは凶暴なのである。

マナミ、とユキヒコはわたしの名を呼んだ。会議室のくらやみの中で。ブラインドのおりたくらがりの中で。わたしは何も答えなかった。榎本副主任、と名字でしか呼んだことのないわたしの名前を、ユキヒコが知っていることに、衝撃をおぼえた。自分に名前があったことを思い出して、衝撃をおぼえた。ユキヒコにはじめて呼ばれたわたしの名前がすでにして甘く溶けだしていることに、衝撃をおぼえた。わたしは窓の外にあるだろう晴れわたった空を、まぶたの裏にうかべていた。ユキヒコはわたしの上半身を会議室の机の上に横たえた。わたしはいやと小さく言った。何回でもいやと言った。ユキヒコは優雅な凶暴さでわたしの声を封じた。ユキヒコはわたしをすっかり自分のものにした。

からだも、頭も、こころも、わたしのものはわたしのもの。でも、それら全部がわたしのものであっても、わたしというものぜんたいは、ユキヒコのもの。あの日から。ユキヒコに出会ってから一年と一ヵ月後の、あの五月から。ほんとうは人が人のものになることなんて、ありっこないのに。それなのに、わたしはユキヒコのものになろうとした。ユキヒコのものになろうと、決めてしまった。

二人して会議室から出たとき、廊下にはむろん誰の姿もなかった。周到なユキヒコ。わたしの頰はほんの少しばかり上気していた。ユキヒコはしみひとつないワイシャツにきちんとネクタイをしめて、落ちつきはらっていた。わたしは左へ、ユキヒコは右へ、別れた。そのままエレベーターのボタンを押してユキヒコはたたずんだ。わたしは非常階段へ通じるドアを開け、かんかんと階段を下りた。下の階まで来ると頰を鉄《てっ》扉《ぴ》に押しつけた。ひんやりとした厚い扉。わたしは少し泣いた。それから髪をさわって乱れがないかたしかめ、顎まで流れた涙をハンカチでそっとぬぐい、何回かまばたきをした。鉄扉を押し開き、敷きこみのベージュのじゅうたんにハイヒールのかかとをおしつけるようにして、歩きだした。

フロアに、ユキヒコの姿はなかった。書類に向かって眼を凝らしている課長の後ろを通り過ぎながら、わたしはそっと息をはきだした。自分が息をしているのが、不思議だった。自分がまっすぐに立っているのも、不思議だった。五月の空は明るくて、わたしは不思議ないきものになってしまっていた。机に戻って、ハッカの飴《あめ》をひとつ口に入れた。それから静かに仕事にかかった。

一度、ユキヒコの昔の恋人に会ったことがある。

「カノコ」とユキヒコは彼女に向かって呼びかけた。わたしはかっとした。なぜわたしの目の前で、なまえを呼ぶの。かつて恋人だったひとのなまえを。そんなに柔らかく。

「こんばんは、はじめまして」というのが、しかし、かっとしたわたしの口から出た言葉だった。

三人で食事でもしようってカノコが誘ったよ、と数日前にユキヒコが言ったのである。カノコさんって、誰。わたしが聞くと、ともだち、とユキヒコは答えた。わたしのおしりをさわりながら。女の子のおしりって、ひんやりしてるねえ。きもちよくて、僕、だいすきだな。ユキヒコはのんびりとした口調で言った。ユキヒコのおしりもひんやりしてる、自分のおしりをさわってもきもちいいよ、きっと。わたしが答えると、ユキヒコはくすくす笑った。わたしもくすくす笑った。笑いながら、でもわたしは「カノコ」のことをいりいりと想像していた。

「マナミさんはユキヒコなんかのどこがすきなの」と「カノコ」は聞いた。いやな女。わたしはさらにかっとしたが、さらにかっとしたわたしの顔は、おもてむきは気弱にほほえんでいるだけなのである。

　ユキヒコは悠然とかまえている。ごくまっとうな食事。穏当な量のお酒。あたりさわりのない会話。夜は少しずつ更《ふ》けていった。「カノコ」はわたしのことを軽くみると決めたようだった。こんな女がユキヒコの恋人なの、つまらない。そう思っていることをほとんど隠そうともしていなかった。わたしは大人らしくふるまい（二人よりも三歳としうえの良識ある大人）、にこやかにお酒を飲み、デザートの梨《なし》のシャーベットを、銀色に光るスプーンでおいしそうにすくってみせた。

　ようやく「カノコ」と別れると、わたしはすぐさまユキヒコに背を向けて、すたすたと歩きだした。

「どうしたの、マナミ」と言いながらユキヒコが追ってきた。わたしは答えず、ずんずん歩いた。氷原をふみしめるマンモスのように、力づよく。

「怒ってる？」ずんずん。

「どうしてかなあ」ずんずん。

　ついにユキヒコはわたしの前にまわりこみ、わたしを抱きすくめた。わたしは暴れた。本気で暴れた。ユキヒコはすぐに体を離した。

「どうして昔の恋人なんかにわたしを会わせるの」わたしがどなると、ユキヒコは口を少し開けた。

「わかったか」

「わかるに決まってるでしょ」

「でも、どうして」

「わからない方がへんよ」

「そうかなぁ」

「この鈍感男」

「鈍感男かぁ」

「このデリカシー欠如男」

「欠如男かぁ」

「この大人子供」

「おとなこどもかぁ」

ユキヒコは、しんそこ感心したという表情で、繰り返す。だんだんにわたしは力が抜けてきた。しゃがみこんで、しくしく泣きだした。しばらく泣いていると、ユキヒコはわたしの脇《わき》の下に腕を入れて、うまくわたしを立ちあがらせた。それからわたしの顎を持ちあげて、キスをした。二回、三回、さざなみのような軽いキスをした。わたしはユキヒコにもたれて、しくしくしくと泣きつづけた。

「ごめん」とユキヒコは言った。わたしは頷《うなず》いた。泣きながら。

「ごめん」と、もう一度ユキヒコが言った。わたしはユキヒコにかじりついた。わたし可愛《かわい》い女になってるな、今。そう思いながら、ユキヒコにかじりついた。可愛い女は嫌いだった。可愛い女になどなりたくなかった。これから先、自分からはユキヒコに電話をすまい。わたしは可愛い女になったまま、その時決心した。可愛い女などというものになってしまった以上、そのくらいの枷《かせ》を自分に課さなければ、やっていられない。そう、ひそかに決意したのであった。

ユキヒコが、わたしを好きになった瞬間のこと。

二人で会うようになっても、わたしがユキヒコの部屋に泊まるようになっても（自分からは電話をしないというのと同じ理由で、わたしは決してユキヒコを自分の部屋には上げなかった）、ユキヒコはさしてわたしのことを好きではなかった。そういうことって、なんとなくわかるものだ。ユキヒコは、なめらかにうわの空だったのだ。うわの空なんだかどうだか、よくよく注意してみなければわからないほどの、なめらかさ。

からくり時計だった。

どこの街だったろう。映画を見にいったときだったかもしれない。春で、長袖《ながそで》の上着を脱いで腕にかかえていた。待ち合わせの場所までゆく電車の窓から、線路ぎわの土手いっぱいに咲いている、黄色い菜の花とうすむらさき色の花だいこんがよく見えた。ユキヒコと並んで、映画館までの道を歩いた。アスファルトがゆらゆらしていた。

正午だった。前を歩いていたひとが急に立ち止まり、空を見あげた。斜め横にいた二人づれも、同じ角度で空を見あげる。ユキヒコとわたしも、立ち止まった。空にはぽっかりと雲が浮かんでいる。

「空、なにもないよ」わたしが言うと、ユキヒコが正面のデパートの屋上に近いあたりを指さした。

「あれだ」

ユキヒコの指さした先には、からくり時計があった。何体もの人形が、出たり入ったりしはじめた。ものがなしいような楽しげなような音楽が流れた。カンコンカンコンと鐘が鳴った。道ゆくひとたちは、みんな立ち止まって見あげていた。

「なれるんなら、あのかえるの人形になりたいな、わたし」

時計が鳴り終わり、見あげていたひとびとが歩きはじめてからも、わたしとユキヒコは手をつないだまましばらくじっとしていた。かえるの人形は、文字盤の四の数字のあたりからあらわれた。外に出てきてから一瞬停止し、そのあとくるりと一回転した。でんぐりがえしをするように。それからすぐに引っこんだ。

「お姫さまとか王子とか、いろいろいたのに、なんでかえるなの」ユキヒコが聞いた。

「わたしはなんだかかえるなのよ」

「ふうん」

ふうん、とそのときユキヒコは答えたきりだった。それから映画を見て（涙ありアクションありのハッピーエンドもの。ユキヒコはそういう映画が大好きだ）、お茶を飲んで、ぶらぶらと歩きまわって、夕方になったのでカレーを食べながら（カレーならば朝昼晩つづけて何日でも食べつづけることができるとユキヒコは言う）、ビールを飲んで、しかしその間じゅう、ユキヒコは何かを考えつづけている様子だった。

「さっきの質問は、まちがってた」突然、ユキヒコが言った。カレーを食べおわって、スパイシーチキンとたまごサラダとビールを追加したところだった。

「なぜかえるなのか、じゃなくて、なぜからくり人形なのか、を僕は聞きたかったんだ。かえるかお姫さまか王子さまかは、実はどっちでもいい」

え、とわたしはくちごもった。なぜ自分がからくり人形のかえるになりたいなどと言ったのか、忘れていた。けれどユキヒコがあんまり真剣にわたしを見ているので、必死に思い出そうとした。

「あのう、からくり人形って、ふだんはいつも暗いところでじっとしてるでしょう」

わたしはそろそろと説明をはじめた。

「うん」ユキヒコは神妙に頷いた。

「それでその、一時間に一回くらい出てくるでしょう」

「うん」

「えーと、出てくると楽しく踊ったり歌ったりするでしょう」

「うん」

「それからまた暗いところに戻るでしょう」

「うん」

「永遠に、壊れるまで、そういうことを繰り返すでしょう」

うん、と答えながら、ユキヒコはちょっと顔をしかめた。運ばれてきたスパイシーチキンをユキヒコは手に持って、かじった。

「おしまい」

うん、とユキヒコは言った。それからしばらく無言でスパイシーチキンをかじった。つづけてたまごサラダの中のたまごをほとんど全部食べた（ユキヒコはたまごならば、ゆでたまごでもスクランブルエッグでもたまご焼きでもオムレツでもめだま焼きでも生たまごでも、すべて好きだ)。ほんの少しのビールを飲みほし、頬を赤くし、もう一度顔をしかめて、「まいったな」と言った。

ユキヒコが、今、わたしのことを好きになった。

そのとき、わたしにはわかった。はっきりとわかった。

「なにが、まいったの」わたしは聞いたけれど、ユキヒコは何も答えなかった。答えられなかったのだ。それまで女の子をほんとうに好きになったことのなかった、ユキヒコ。こわがりやのユキヒコ。そう、ユキヒコはこわがりなのだ。

あんなに優雅に女を扱うのに。あんなに凶暴になれるのに。それでもいつも、ユキヒコはこわいのだ。

何が?

たとえばそれは永遠という言葉にまつわることごと、なのかもしれない。ひとのあたたかな息づかいの中にある、かすかな匂《にお》いをはなつもの、なのかもしれない。空や流れる水や地面がもたらしてくれるしっとりとしたかぐわしいもの、なのかもしれない。

ユキヒコは、そういうものがこわくて、そういうものにつながっている女の子たちがこわくて、決して女の子たちを好きにはならなかったのだ。努めて好きにならないのでもなく、ごくあたりまえに、好きという感情を持たなかった。持てなかった。

でも、今、わたしを好きになった。

「もう、帰ろう」ユキヒコは静かに言った。スパイシーチキンが二ピース残った皿と、プリーツレタスとマッシュルームとルッコラとくるみが残ったサラダの皿をそのままにして、ユキヒコはすうっと立ちあがった。レジでお金を払い、わたしを最寄《もよ》りの駅まで送り、ユキヒコは歩み去った。夜の中へ。夜の街の中へ。ユキヒコを受け入れようとしない、硬質な空気の中へ（ユキヒコがいちばんやすらかでいられる、硬い硬い空気）。

ユキヒコがわたしに傾斜したのは、どのくらいの期間だったろう。

「マナミがいないと、僕は困る」と、ユキヒコは言った。ぜんぜん嬉《うれ》しくなさそうに。しんそこ困惑して。

「いつもわたしはユキヒコのそばにいるよ」わたしは答えた。

「そんなはずはない」

「正確に言えばね」

「マナミは年とらない？」

「とらないはずないじゃない」

「マナミは今より痩《や》せも太りもしない？」

「きっと太るよ、あと十年くらいの間には」

「マナミは僕をいつでも全部受け入れる？」

「わたしはそんな聖母マリアみたいな女じゃない」

「マナミはいつも僕にセックスさせてくれる？」

「時と場合による」

「時と場合っていうのは、つまりいつもOKじゃないってこと？」

「時と場合はいろいろあるからね」

「マナミは僕に飽きる？」

「さあ」

「僕はマナミに飽きる？」

うるさいよ、と言って、わたしはユキヒコにクッションを投げつける。またはユキヒコをおしたおす。または紅茶をいれに立つ。

ユキヒコは実際、ものすごくうるさくなった。ときおり。わたしに傾斜していたころ。

「マナミのことを愛してるのかな、僕は」ユキヒコはわたしに聞いたものだった。

「そんなこと、自分で考えて」

「自分で考えると、こわくなる」

ユキヒコは、いつもどこかぎくしゃくしていた。おこないや言葉や動作は、あんなになめらかなのに。なめらかで、もうしぶんなくて、「素敵」なのに。それなのにユキヒコのどこかが、ユキヒコの身のうちのどこかが、ぎくしゃくしていた。

「生まれつき、ぎくしゃくしてるんだ、僕は」ユキヒコはため息をつく。

「うまれつき」

「そう、生まれつき。脳の一部か、腎臓《じんぞう》か肝臓の一部あたりが、つくりものなのかもしれない」

それ、ほんと、とわたしが聞くと、ユキヒコは大きく頷いた。

「父親も母親も姉も僕をかわいがった。かわいがりすぎるほどだった。あれは、僕がつくりものの人間だから、かわいそうに思ってのことだったのかもしれない」真面目《まじめ》に、ユキヒコは言う。

「つくりものだって、いいじゃない」わたしがユキヒコの額を撫《な》でながらささやくと、ユキヒコは首を横に振った。

「よくない」

「いいわよ、ユキヒコがつくりものだって、わたしは大好きよ」

「いいや、よくない」

「どうして」

「だって、僕はつくりものだから、いつかマナミのことが好きじゃなくなる」

「そうなの」

「そう、つくりものは、結局ほんものの人間とまじりあえないんだ」

そんなこと言わなくていいのよ、とわたしは答えたのだったか。まんいちユキヒコがわたしのことを愛していなくても、わたしがユキヒコを愛してるんだから、それでいいの。そう続けたのだったか。ユキヒコは、絶望的な顔をした。そんなこと女に言わせるなんて、俺はなんていやな男なんだ。そう言って、ユキヒコはわたしを抱きしめた。ほんとうに、いやな男。わたしは思っていた。そして、わたしも同様にいやな女。そうも思っていた。

わたしたちは抱きあった。ゆるく。水のように。けれど水には、なりきれずに。わたしたちは不安だった。わたしたちは恍惚《こうこつ》としていた。わたしたちは絶望していた。わたしたちは軽かった。わたしたちは愛しあいかけていた。けれど愛しあうことはできずに、愛しあう直前の場所に、いつまでも佇《たたず》んでいた。


そして、ユキヒコはわたしに飽きた。

そういう言葉を使うのはつらいけれど、やはりその言葉がいちばんぴったりとする。

ユキヒコは、わたしに飽きた。

「あんドーナツが僕は好きだ」とユキヒコが言ったときに、それがわかった。

「あんドーナツは、わたしはちょっとなあ」とわたしは答えた。ユキヒコはベッドの背もたれに寄りかかって、雑誌を読んでいた。わたしはじゅうたんに座って、ぼんやりと深夜映画を見ていた。白黒の、かなしい映画だった。ユキヒコのあまり好きでないタイプの映画。アクションと踊りが足りないよ、この映画。そうユキヒコが言いそうな、映画。

ユキヒコは、いつの間にか、またなめらかになっていた。例の、なめらかなうわの空。ユキヒコは、ついに、わたしに飽きたのだ。

「メロンパンなら、どう」

「メロンパンは、なんだかかなしい」

答えながら、わたしは鼻をかんだ。涙が、ひとつぶかふたつぶ、出たのである。ユキヒコがもうわたしに傾斜していない、ということがわかって、わたしはパニックに陥っていた。けれどまだ間に合うかもしれなかった。涙なんか流している場合じゃない。まだ、間に合うカモシレナイ。間に合う？　でも、何に？

「マナミ」とユキヒコは言った。落ちついた声で。

その後にどのような言葉が続くのか、わたしは聞きたくなかった。マナミ、別れよう。マナミ、今度の日曜は都合が悪くなっちゃったんだ。マナミ、おまえにもう関心が持てない。わたしは耳をふさぎたかった。けれどわたしはゆっくりとユキヒコの方を向いて、ほほえんだだけだった。

「なあに」

「カレーパンなら、悲しくないでしょ」

そうね、とわたしは答えた。笑いながら（ユキヒコの大好きなカレーの入ったパン。わたしの大好きなユキヒコ。わたしをもう大好きではないユキヒコ）。

ユキヒコは、自分がわたしに飽きたことを、まだ知らなかった。知らせてやるもんか、とわたしは思った。もしかしたらわたしの勘違いかもしれないし（イチルのノゾミ）。

「なんで泣いてるの」ユキヒコが聞いた。わたしは、いつの間にかおおっぴらに泣きだしていたのだ。うかつにも。

「映画、かなしくて」

「そんな悲しい映画、どうしてわざわざ見るのかなあ」

ユキヒコはのんびりと言って、雑誌に戻った。わたしはもう一度鼻をかんだ。そのあとは、もう二度と泣かなかった。見ると、ユキヒコはいつの間にか寝入っていた。雑誌を胸の上に開いたまま。ユキヒコ、起きなよ。寝る前に飲むビタミンB_1とビタミンCの錠剤（総合ビタミン剤よりも個別のサプリメントの方が効くはずだ、とユキヒコは信じている）といちょう葉エキス、まだ飲んでないでしょ。そう言いながらわたしが揺り起こすと、ユキヒコは、うーん、とうなった。わたしはユキヒコの腕をさわった。見ためよりも、ずっと筋肉質な腕。

かわいそうなユキヒコ、と思いながら、わたしはユキヒコの腕をさわっていた。かわいそうなわたし、とはなぜか思わなかった。かわいそうなユキヒコ、としか思わなかった。やがてユキヒコがわたしを捨てるんだろうに。やがてユキヒコの方がわたしから去るんだろうに。わたしを捨てたあとのユキヒコが、わたしから去ったあとのユキヒコが、かわいそうでならなかった。ただただ、かわいそうで憐《あわ》れだった。

いくら起こしてもユキヒコは目を覚まさなかったので、わたし一人でいちょう葉エキスと総合ビタミン剤（わたしは総合剤でも効くと信じている）を飲んだ。電気を消して、ユキヒコの隣にすべりこんだ。ユキヒコのおでこにキスをしてから、わたしは目を閉じた。


「どうしてひとは変わってしまうんだろう」とユキヒコが言った。

窓の外には雨が降っていた。おあつらえむきの天気。

ついに来たか、とわたしはため息をついた。その次に、妙な闘志がわいてきた。闘志というか、充実感というか。

「変わるのが、ひとでしょう」わたしが言うと、ユキヒコはふんと鼻を鳴らした。

「マナミ、それ、もっともらしすぎ」

「どうせわたしはもっともらしいユキヒコの上司の三十三歳独身ですよ」

そうか、ユキヒコと最初に会ったときから、もうじき三年になるんだ。わたしは驚いていた。三年という月日が長いんだか短いんだか、わたしにはわからない。

ユキヒコは雨を眺めていた。大きな雨粒である。初春の、大きな雨粒。

「僕は、マナミが好きだなあ」ユキヒコが言った。

「でも、もう別れるのね」

ユキヒコは鋭くわたしを見つめた。頬のあたりが緊張してはりつめている。予想していなかった言葉だったみたいだ。

「別れるんでしょう」重ねて、わたしは言った。

「マナミ」ユキヒコは、あきらかに驚いていた。驚くユキヒコを見て、わたしの方がもっと驚いた。

「どうしてそんなにびっくりするの」

「僕は今、マナミが好きだって言ったばっかりなのに」

「でも、ユキヒコはもうわたしに関心を持ってない」

「そんなことないよ」

「そんなこと、ある」

ユキヒコはあおざめていた。わたしのことを、甘くみていたのだ。いつもいつも。わたしはユキヒコを甘くみていなかったのに。でも、甘くみあわないで、どうやってひとは愛しあえるだろう。許しあって、油断しあって、ほんのすこしばかり見くだしあって、ひとは初めて愛しあえるんじゃないだろうか。わたしは、一度もユキヒコを甘くみることができなかった。ユキヒコの方はわたしを甘く見ていたというのに。

「マナミ」ユキヒコが、呼んだ。せつない声。

「どうして、そんなことを言うの、マナミ」

けれど、もうユキヒコは気づいてしまった。わたしがユキヒコのなめらかな無関心に気づいているということに。これで、もう戻れない。もう間に合わない。イチルのノゾミもない場所に、わたしが、自分から、ユキヒコをみちびいてしまった。

雨が激しくなる。ほんとうに、おあつらえむきの天気。

わたしは一人でユキヒコの部屋を出た。そっと玄関の扉を閉める。ユキヒコは玄関までついてきた。忠実な犬のように。あの最初のときの凶暴さの、かけらもなく。まるでわたしの方がユキヒコを捨てるかのように。

「さよなら」とわたしが言っても、ユキヒコは答えなかった。

「どうして」とユキヒコは言った。こんどはわたしが黙っていた。それから、雨の中に出ていった。

雨の中を歩いている間も、妙な充実感のようなものは、まだからだの中に残っていた。傘の中に鋭い角度で雨が降りこんでくる。

もうこれでユキヒコのものではなくなってもいいのだ、と思いながら、わたしはおおまたで歩いた。

ユキヒコとわたしの、その後の顚末《てんまつ》。

しばらく、ユキヒコからは毎日電話がかかってきた。わたしからはむろんかけなかった（いつかの、決心。わたしは固く守った。最後まで）。

どうしてマナミは僕がマナミをもう愛してないっていうことがわかったの、といつもユキヒコは聞いた。そのたびに、だいいちユキヒコは一度もわたしのことを愛したことがなかったじゃないの、とわたしは答えた。

でも、マナミだって、そうだった。ユキヒコは言った。そうかもしれない。わたしは答えたが、そうではなかった。ユキヒコが、そうさせてくれなかったのだ。愛されないことに頑固なユキヒコ。そして相手のことをよく察するわたし。よくない組み合わせだ。

それからしばらく、わたしは決してわたしたちが二人きりにならないように、細心の注意をはらった。

数ヵ月後に、ユキヒコは違うフロアに異動した。じきにユキヒコは主任補佐になった（副主任よりも少しばかり上の地位）。

お祝いしましょうと言って、その夜はわたしが誘った。そろそろ、いいかしら、と思ったのである。そろそろ、ほとぼりもさめたころだし。

ほとぼり？

「僕はどうして女のひとを愛せないんだろう」とユキヒコはカウンターにひじをつきながら、言った。

わたしたちは、小さなバーのスツールに座っていた。

「どうしてかしらね」わたしはジントニックをすすりながら、静かに答えた。

「僕は、だめな人間なんだろうか」

「だめな人間なのかもしれないって考えることができるようになって、よかったじゃないの」

「いじわるだな、マナミは」

ユキヒコは煙草《たばこ》のけむりを吐きだした。わたしと別れてから、ユキヒコは煙草を吸いはじめたらしかった。

「うまかったよ、寿司《すし》」

「ちょっと、高かったし」

「ここは僕がもちます」

ユキヒコは煙草の火を消した。しばらく二人で会わないうちに、ユキヒコは少し大人っぽくなっていた。今もユキヒコが好きだ、とわたしはその刹那《せつな》思った。なぜ自分からユキヒコを手放してしまったのだろう、と激しく後悔した。けれど、手放すだの終わらせるだのいう考え方が、まちがっていることも知っていた。ただ、終わるのだ。ものごとは。

「今日、部屋にこない」とユキヒコが誘ったときには、だからわたしはためらいなく頷《うなず》いていた。嬉《うれ》しかったからではない。反対だ。べつに嬉しくもなかったからだ。

もうだいじょうぶだよね、とわたしは自分に確認した。もうユキヒコのものになろうなんて酔狂なこと、二度と思わないよね。

うん、とわたしの中のもう一人のわたしが返事をした。もう気のすむまで悲しんだし。気のすむまで思い返したし。

ユキヒコはいつもと同じなめらかさで、わたしの手をとった。いい匂《にお》い、と言いながら、わたしの胸のあたりに顔を寄せた。ユキヒコの部屋は、ほとんど変わっていなかった。あたりまえのようにユキヒコはわたしの服を脱がせ（わたしが自分で脱ごうとすると、ユキヒコはいつもいやがった）、きちんとした手順をふんでセックスをした。わたしはじゅうぶんに楽しんだ。たぶん、ユキヒコも。

終わったあと、わたしが下着をつけようとすると、ユキヒコがわたしの腕をつかんだ。

「泊まっていってよ」

「明日、早いから」

「ねえ、僕と結婚しようよ」

「ばか」

ふざけないの、とわたしは言いながら、ブラジャーのホックをとめた。明日の仕事の手順を、わたしは頭の中でざっとさらった。へんな音がした。チューニングのあっていないラジオから出るような音。

ユキヒコが、うなっていた。

「どうして僕は、だめなのかな」

ユキヒコが、うなりながら、言った。こんなユキヒコの顔は、はじめてだった。最初のころの優雅な凶暴さともちがう、わたしに傾斜していたころの不安そうな様子ともちがう、見たことのないユキヒコの表情。

「だめ、って」わたしはブラウスのボタンをはめながら、ゆっくりと問い返した。

「僕はずっとマナミのことを好きでいたかったのに」

ブラウスのボタンを全部はめ終わり、わたしはストッキングを足先にもってきた。

「一生マナミと一緒のつもりだったのに」

「そんなこと言われてもねえ」わたしはスカートのファスナーを静かにあげた。

「どうして僕はきちんとひとを愛せないんだろう」

そういうたちだからよ、とわたしは言おうとして、やめた。ユキヒコが、かわいそうになったからだ。いつか、ユキヒコの寝顔を見ながら、そうなったように。かわいそうなユキヒコ。でも、自分のせいなんだから、わたしは知らない。

「いつか愛せるひとが出てくるわよ」わたしは優しく言ってブレザーに腕を通した。愛するひとなんか、ほんとうは欲しくないくせに、と思いながら。

マナミ、とユキヒコは低く呼んだ。なあに、とわたしは答えた。わたしは腕時計を見た。わざとらしい大きな身振りで。

マナミ、おやすみ。ユキヒコはうなだれて、言った。

おやすみ、ユキヒコ。わたしも言った。きちんとユキヒコの方を向いて。

ユキヒコの部屋の扉を閉めて、わたしは外に踏み出した。六月の青くさいような空気が鼻をついた。かわいそうなユキヒコ、とわたしはつぶやいた。かわいそうなわたし、と続けようかとも思ったが、やめた。もうわたしはちっともかわいそうではなかったから。それで、かわりに、ユキヒコの幸福を祈った。

ひとの幸福を祈るという習慣がわたしにはなかったので、どうしたらいいのかわからなかったが、子供のころ読んだ物語の中に出てきたやりかたで、わたしはユキヒコの幸福を祈った。

まず右のポケットに左手を入れ、「ユキヒコが幸福でありますように」と言う。次に左のポケットに右手を入れ、もう一度「ユキヒコが幸福でありますように」と言う。ていねいに、わたしはその儀式をおこなった。

かわいそうなユキヒコ、おやすみなさい。儀式をすっかり終えると、わたしはユキヒコの部屋のあたりに向かって、ささやいた。六月の夜気がわたしをやさしく包んでいる。

おやすみマナミ、というユキヒコの声が聞こえたような気がしたが、気がしただけだということをわたしは知っていた。ゆっくりと、わたしは、歩きはじめた。

ドキドキしちゃう

浴衣《ゆかた》を着たのはいいんだけれど、歩いているうちにゆるんできてしまう。きちんと合わせたはずの前が、ずれてくる。いつもあたしはこうだ。とろい、と幸彦は言う。とろい、って言うの、やめてよ。いくらあたしが頼んでも、幸彦はやめてくれない。ぐずぐずと着崩れてきた浴衣をあたしがもてあましていると、幸彦はあたしの背後に立って両腕をあたしの胴越しに前にまわした。帯を、解く。

「じっとしてなさい。前をきちんと合わせて」幸彦は言った。浴衣の前をかき合わせながら、あたしはぼんやりと立っていた。幸彦は解いた帯を手に持ち、ぱん、と伸ばした。

「よじれてたよ、帯」

「ほんと?」あたしは聞いた。

「おまえね、自分で締めたんだろ」

「ちゃんと、締めたはずだよ」

「ちゃんと、してない。下手くそ」そう言いながら、幸彦はふたたびあたしの胴に腕をまわし、帯を締めてくれた。きゅっきゅっと小気味いい音をたてて結び目をつくる。

「番頭はん、ありがとおす」あたしが言うと、幸彦は顔をしかめた。背後に立っているのでほんとうは見えないのだが、ぜったいに、しかめた。

「僕は番頭じゃないぞ」

「幸彦は、なんでも上手ね」あたしが言うと、幸彦は前にまわってきた。やっぱり。顔をしかめている。しかめていても、幸彦の顔は甘い。この甘い顔と、清潔さと、あたしの帯をきちっと締めてくれるような几帳面《きちょうめん》さが、幸彦の持ち味だ。


幸彦は、女の子に好かれる。夜電話をしても、幸彦はなかなか出ない。呼び出し音を十一回ほど数えないと、出ないことになっている。十二回目の呼び出し音の途中まで待つと、ようやく幸彦の低い声が「はい」と応じる。夜は、いつだって幸彦はどこかの女の子からの電話に答えているのである。

「キャッチが、入っちゃった」と電話相手の女の子に言い、「またね。電話、楽しかったよ」と幸彦がしめくくるのに、呼び出し音十一回ぶんの時間が費やされるというわけである。十二回目にこちらの電話に切り替わると、幸彦は自動的に「はい」と言う。たぶん、どの女の子に向かっても、同じ声を出すにちがいない。全天候型の抑揚のない声だ。女の子と喧嘩《けんか》中のときにも、女の子を口説きはじめるときにも、女の子に別れ話を切り出すときにも、どの場合にも使える声。

　電話をしたのがあたしだとわかると、幸彦の声は少し低くなる。「ああ、カノコか」そう言って、一回ため息をつく。それからすぐにいつもの「女の子向け」のなめらかな声に戻り、「で、今日はどうしたの」と聞いてくる。

「うん」あたしは喋《しゃべ》りはじめる。うん、たいした用があるわけじゃないんだけど。幸彦は。幸彦はどうしてた。

「そうねえ、元気だよ」幸彦は答える。ときどき、キャッチが入る音が聞こえるが、あたしと電話をしている最中には幸彦はキャッチを取ろうとしない。どんなに無内容な話がだらだらと続いているときでも、取ろうとしない。

「マナミさんは、怒らないの」と、一回だけ幸彦に聞いてみたことがある。マナミさんは、幸彦の恋人だ。幸彦より三歳としうえのきれいな人。

「電話してきて、留守電にもなってなくて、キャッチも取らなきゃ、誰かとお話し中だってわかっちゃうじゃない」あたしが言うと、幸彦は笑った。

「マナミにはね、僕からかける」

「マナミさんは、かけてこないの」

「こないよ」

ふうん、とあたしは言い、すぐに違う話題に移った。幸彦には、いつもあたしから電話をかける。幸彦からかかってきたことは、ほとんど、ない。あたしと幸彦が恋人どうしだったあのころだって、あたしから電話していた。幸彦は、いつも待っているほう。

あたしと幸彦は、五年前、あたしが大学を卒業してからしばらくして、別れた。別れは、あたしから言いだした。好きな人が、できちゃったの。そんなふうに言ったら、幸彦はしばらく下を向いていたが、やがて顔を上げ、「それなら仕方ない」とひとことと言った。

もっと食い下がるかと思っていたあたしは、はぐらかされたような気分だった。自分から言いだしておいてはぐらかされるも何もないものだが。

今でもあたしと幸彦が並んでいると、たいがいの人が「恋人？」と聞く。あたしの知り合いが聞いたときには、「ちがう」とあたしは不機嫌な顔で、きっぱり答える。ほんの少しばかりきっぱりしすぎていると自分でも思うくらい、きっぱりと。いっぽうの幸彦は、同じことを聞かれたとき、「そうだといいんだけれどね」と答える。笑いながら。なんだか余裕たっぷりに。

帯をしっかりと結んでもらったあたしは、部屋に鍵《かぎ》をかける幸彦の後ろ姿を眺めていた。幸彦は、ぱりっと浴衣を着ている。あたしが着る旅館の浴衣はすぐにくったりしてくるのに、幸彦が着る旅館の浴衣は、おろしたての新品のままみたいな様子をいつまでも保っている。

ぼんやりと廊下に立っているあたしに向かって、幸彦が「ほい、行くよ」と言った。「えっ」ふいをつかれ、驚いて見上げると、幸彦はしかめっつらと笑いの混じった顔をしていた。

「おまえって、ぜんぜん進歩ないのな」幸彦は言い、あたしの手を取った。

「そんなこと、ない」あたしが答えると、幸彦はせせら笑った。せせら笑っていても、幸彦の声は甘い。

「早く、来なよ」と言い、幸彦はあたしの手を放した。幸彦に手を取られるのは、ものすごく久しぶりだった。別れた五年前以来、はじめて。幸彦に触れることがあったらさぞかしどぎまぎすることだろうと常々思っていたが、そんなことはなかった。

一泊で、あたしと幸彦はこの旅館に泊まりに来ている。ほんとうはあたしは恋人とここに泊まりに来る予定だったのだ。直前に、恋人の都合が悪くなった。女の子の知り合いをあたしはあたったけれど、みんな忙しくしていた。すでに結婚しているか、恋人と過ごしているか、資格試験の勉強中か。仕方なく、冗談のつもりで幸彦に声をかけた。

幸彦は、なんでもなく、「いいよ、行く」と答えたのだ。マナミさんは、どうするの。そう聞くと、幸彦は笑って、「マナミは忙しいから。週末も仕事だし」と答えた。マナミさんは幸彦の上司なのだ。三歳としうえで、うつくしくて、上司で、恋人。「スグレモン」と幸彦はマナミさんのことを呼ぶ。

幸彦の笑いに、マナミさんと週末を過ごせない淋《さび》しさが混じっていないかどうか、あたしは電話にぴったり耳をつけて聞き取ろうとしたが、ぜんぜんわからなかった。いつもの、甘い、全天候型の声だった。

食事は、よかった。あたしは、日本酒が好きなのだ。つまり日本酒に合う食事が好きだということになる。旅館の食事は日本酒向けにできている。スズキとカツオの刺身がだいたんに大皿に盛ってあった。つぶ貝の刺身もある。酢でしめたコハダがある。岩海苔《いわのり》がたっぷりと添えられている。

「戻りガツオだね」とあたしが言うと、幸彦は興味なさそうに頷《うなず》いた。

「旅館の食事ってさ、画一的なのがいいね」などと答える。

「画一的じゃないわよ、微妙なちがいがあるってば」

「ふうん」

ふうん、と言ってから幸彦は、だし巻き卵に箸《はし》を伸ばした。幸彦はほとんどお酒を飲まない。アイスクリームだの生チョコレートだのあんぱんだのについては一家言あるみたいだが、ビールの最初の一杯のおいしさについて幸彦と話そうとしても、埒《らち》があかない。あたしの恋人は、酒飲みだ。この旅館だって、食事がいいと聞いたので選んだのだ。幸彦とマナミさんが旅行するときは、どんなところに行くんだろう。

マナミさんはお酒もほどほどにつきあえばデザートもほどほどに楽しむ、というタイプの女性である。幸彦がマナミさんと恋人どうしになってから、一緒に食事をしたことがある。なぜそんな羽目におちいったんだったか。別れた恋人のデートにのこのこ顔を出すほどあたしは間抜けじゃないつもりだったけれど、いつの間にかそういうことになっていた。

マナミさんは終始礼儀正しく明朗な態度を崩さなかった。テーブルの下で幸彦の手を握りしめたりすることもなかったし、あたしが「それじゃ、今日はどうも」と言いだすまで、「もう帰りましょうよ」と幸彦にささやくこともなかった。あたしたちはごくごく友好的に三軒目のお店までの時間を過ごした。ジンジャエールでお腹をたぷたぷさせた幸彦が「おまえ、よくそんなに多量の水分を摂取できるな」と言うので、「お酒ならいくらでも飲めるわよ。ねえ」とあたしがマナミさんに同意を求めたときも、マナミさんはどっちつかずの穏当な頷き方をしたものだった。あたしの意見も幸彦の意見も否定しない、ごくごく穏当な頭蓋骨《ずがいこつ》の動かし方。マナミさんの草食動物のようにうるんだ瞳《ひとみ》を眺めているうちに、あたしはなんだかマナミさんがとても可哀相《かわいそう》になってきた。

「幸彦なんかの、どこがいいんですか」とあたしはマナミさんに聞いた。たしかにあのときあたしは、嫌な女だった。マナミさんに対してなのか、幸彦に対してなのか、世間全般に対してなのか、何に対してだかよくわからないけれど、ひどく傲慢《ごうまん》な気分になっていた。他人のことを可哀相と思うなんて、傲慢きわまりないことだ。

「さあ」マナミさんは首をかしげた。

「やめろよな、からむの」幸彦が横から言うのにあたしは耳を貸さず、

「だってマナミさんならもっといい男がいくらでも寄ってきそうなのに」と続けた。

マナミさんはしばらく真面目《まじめ》な表情で考えていたが、やがてこう答えた。

「ユキヒコのいいところとかよくないところとか、そういうんじゃないいな」

え、とあたしは言ったのだったか。

「ユキヒコがどんな人間であっても、わたしはユキヒコが好きだと思う」

マナミさんはほほえんだ。うつくしいほほえみ。あたしは打ちのめされた。なぜこのひとはこんなにきちんとできるのだろう。過不足ない態度。行き届いた言葉。それでいて高ぶらない様子。

マナミさんを、あたしは嫌おうとしたのだ、それ以後。でも嫌えなかった。嫌うにはマナミさんは穏当すぎる。それに、幸彦の恋人を嫌うことを、あたしのプライドは許さなかった。プライド。でもいったい、何に対するプライド？

食事を終えて、あたしと幸彦は海岸に出た。浴衣の上から羽織をはおった。太平洋に面しているこの町は、東京よりもほんの少しだけ暖かい。それでも夜の風はひやひやと頬を撫《な》でてゆく。沖に漁火《いさりび》が見えた。

「イカ釣ってるのかな」

「そうかもしれないね」幸彦はのんびりとした口調で答えた。

幸彦は、あたしと別れてから、ますます女の子に好かれるようになった。もてるね、とあたしがからかうと、幸彦はいつも首を横に振る。もてるわけじゃないよ。女の子たちはね、淋《さび》しいんだよ。そう答える。ばかみたいだ。あんたはどこかの新興宗教の教主か、と怒鳴りつけたくなる。でもあたしは幸彦を怒鳴りつけることができない。あたしだって、しょっちゅう、幸彦に電話してしまうのだから。恋人もいるし、仕事だってまあまあきちんとやってるし、友達だって多いはずなのに、夜が更《ふ》けるとつい幸彦に電話をかけてしまう。

「イカでね、光るのがあるでしょ」幸彦が言った。

「ホタルイカのこと？」

「そうそう、その、ホタル」

「ホタルじゃなくてホタルイカ」

「いつかそのホタルのおどり食いっていうのをさせられたことがある」

空気は、幸彦のいる方からあたしの方に向かって流れている。せっけんの香が、幸彦のからだから漂ってきた。

「おいしそう」

「目の前で泳いでたのをそのまますぐ食べるんだよ」

「おいしかったでしょ」

「そりゃ、うまかった」

でも、そういうの、僕だめなんだ。幸彦は言った。そういうのって、どんなの。あたしが聞き返すと、幸彦は、そういうの、と同じ言葉を繰り返した。

「幸彦って、なんか、センチメンタル？」あたしが聞くと、幸彦は、そうかも、と低く甘く答えた。せっけんの香がふたたび匂《にお》いたった。

幸彦に触れたい、とあたしは唐突に思った。幸彦のしなやかな指。あたたかなてのひら。夜の海のほとりで、あたしは幸彦に向かってそっと手をのばした。幸彦の手にあたしの手が触れようとする刹那《せつな》、幸彦は続けた。

カノコって、昔からそうだったよね。けっこう残酷なこと平気で言うんだよな。


潮が、しずかに満ちてくる。あたしと幸彦は流木に並んで座っている。浴衣《ゆかた》の薄い生地ごしに流木のあたたかみが伝わってくる。昼間の日差しのぬくみが、まだ残っているのだ。

宿のサンダルをつっかけたあしもとを、小さな蟹《かに》が歩いてゆく。浜辺沿いの二級国道を、ときおり大型トラックが通った。浜を、国道の灯が照らしている。あたしたちが座っているあたりまではほの明るいが、波打ちぎわまでは光は届かない。暗闇《くらやみ》の中を、波の気配が寄せたり引いたりしている。

うすぼんやりとした光の中で、あたしは幸彦の横顔を眺めた。頬の線がするどい。

二十歳くらいのころにくらべると、肌が荒くなっている。髭《ひげ》も濃くなっている。あたしはさっき幸彦に言われた言葉を考えていた。あたしは、残酷だろうか。残酷だったろうか。

幸彦と恋人どうしだったころのことが、うまく思い出せない。あのころ、あたしは、ほとんど何も考えていなかった。幸彦はあたしが好きで、あたしを抱きたくて、あたしをよろこばせたくて、それをあたしはあたりまえのことだと思っていた。それが奇跡に近いことだなんて、これっぽっちも考えなかった。

幸彦のことをあたしは好きだった。おとうさんが好き。おかあさんが好き。猫のクロが好き。隣家の生まれたばかりの赤ちゃんが好き。晴れた日の洗濯ものの匂いが好き。雨の日に学校をさぼるのが好き。それらのことと同列に、幸彦が好きだった。なぜ幸彦じゃないひとを好きになったのかも、ぜんぜん思い出せない。

カノコって、空の鳥みたいなものだよね。そう幸彦に言われたことがある。恋人どうしだったころではなく、別れてから三ヵ月くらいたったころだ。

あたしたちは、別れた直後から、今と同じく「仲良しの友だちどうし」という関係を保っていたのだ。

どういう意味、とあたしは聞き返した。

鳥はさ、風しだいでしょ。南風が吹きはじめれば風に乗って北へ飛ぶし、北風が吹けば南に戻る。風が変われば昨日までのことをきれいさっぱり忘れて、ちいちい鳴きながらよろこんで遠くまで飛んでいくわけだ。幸彦はくすくす笑いながら説明した。

あたしは鳥なんかじゃないわよ。憮然《ぶぜん》としてあたしは答えたが、幸彦に言われるうちに、だんだん自分が何も考えていないしあわせでばかな小鳥であるような気分になってきた。

ほらみろ、カノコって、そういうものだよ。つきあってた頃もそうだったし、今だって、そう。幸彦はあたしの前髪のあたりを見ながら、言った。

あたしは自分の額が嫌いで、あのころはいつも前髪を下ろしていた。恋人どうしだったころ、幸彦はすぐにあたしの前髪をかきあげようとしたものだった。額を出させ、「へんなおでこ」とけなしてよろこんだ。髪を上げられまいと逃げまわっているうちに幸彦のからだの下に入ってしまい、そのまま抱かれることもあった。

幸彦の指はそのとき、あたしの前髪に触れそうになっていた。別れてから三ヵ月、幸彦はむろんその間一度もあたしに触れていなかった、幸彦の指。あたしは幸彦の方へと顔を寄せていった。無意識みたいな動きだった。幸彦の指も、引き寄せられるようにあたしの額に近づいてきた。あ、とあたしは声をあげ、すると幸彦も、あ、と言った。すぐに幸彦は手を引っこめた。あたしたちは、一瞬黙り、それから同時に笑いだした。幸彦はおおような笑い声、あたしは硬い笑い声を、たてて笑った。

鳥にだって苦労はあるのよ、これであんがい。硬く笑いながらあたしが言うと、幸彦は頷いた。いつも元気にちいちい鳴いててくれよ、カノコ鳥。そう言いながら、頷いた。幸彦の言いかたが余裕にみちていたので、あたしは少しいらいらした。あたしから別れを言いだしたんだったのに。あたしの方が余裕があってしかるべきなのに。それなのに、別れたあと、あたしはいつまでたっても硬く、幸彦ははんたいに申しぶんなく鷹揚《おうよう》で平然としていた。

幸彦と別れる原因になった男の子とは、そのあとじきに別れた。半年ももたなかったような記憶がある。でもむろんあたしと幸彦との仲が復活することはなかった。復活はしなかったけれど、あたしと幸彦はやっぱり「仲良し」だった。あたしたちはときどき会ってお茶を飲んだ。電話もしょっちゅうした。別れても、いい関係。別れても、いい友人。それがあたしと幸彦だった。そのことに、あたしはじゅうぶんに満足していた。していたはずだ。

「幸彦、どうしてここに、あたしと一緒に来たの」あたしは聞いた。潮が満ちてくる。海ぜんたいが夜の中でふくらみ、そのぶん空気が凝縮されて濃くなったように感じられた。

「どうしてかなあ」幸彦はゆっくりと答えた。

あたしは幸彦の肩に頭をもたせかけた。幸彦の腕は下がったままで、あたしを抱き寄せてくれない。あたしのほうから幸彦の腰に腕をまわし、抱き寄せた。

「暑いよ」幸彦が言った。

「いいの」

「カノコは今しあわせなの」突然幸彦が聞いた。淋しいだのしあわせだの、まったく新興宗教がかった奴《やつ》だ。

「ねえ、宿に帰ってセックスしようよ」あたしは幸彦の問いを無視して言った。

「しないよ」幸彦は腕をだらんとさせたまま答えた。

「じゃ、どうしてここに幸彦は来たの」

「カノコって、もしかして、性欲魔神？」

「死ね、幸彦」

暗さに慣れて、闇の中で動いている海が少し見えるようになった。なめらかな海面だ。なめらかなまま、岸をはいのぼってくる。

　幸彦があたしの肩を抱いた。そっと抱いてから、しだいに力をこめてくる。恋人だったころの幸彦のからだの様子やあたしのからだを抱くときの動作を、思い出した。あたしが幸彦をどんなふうに好きだったかも、思い出した。はっきりと、思い出した。思い出しながら、ほんとうのところ自分がそれらのことをまったく忘れたことがなかったことに、気づいた。

「幸彦」あたしは小さな声で言った。こういう声で幸彦を呼ぶのは、何年ぶりだろう。

「カノコ」幸彦も低い声で言う。

　そのままずっと、あたしたちは互いの肩と腰をしっかりと抱きあっていた。波があしもと近くまできていた。

　幸彦のくちびるが、あたしの頬に軽く触れた。あたしも幸彦のくびに軽くくちびるを寄せた。

「夜が、深いね」

「そうだね」

「幸彦のこと、好きだよ、あたし」

「僕もカノコのことはずっと好きだよ」

「そういうんじゃなくて」

「だめだよ」あたしの肩をしっかりと抱いたまま、幸彦はさらりと言った。

「え」

「もう、終わったんだもの」

「え」あたしはばかみたいな声を出す。

「もう、終わったでしょ」幸彦はあたたかな声で、言った。

「もう、終わったんだっけ」ばかみたいに、あたしは繰り返す。

「もう、終わったんだよ」幸彦も、繰り返す。

頭の中がからっぽになったような気分だった。

そうだった、とあたしは思った。あたしも幸彦も、遠くはないけれど近くもない場所に、それぞれ今はいるのだ。

あたしは今ここにいて、幸彦も今ここにいるけれど、それだけのことだ。

それだけのこと。時間が流れ、ここと ここではない場所、ここ とあそこに別れてしまったのだ、あたしたちは。

時間なんて、ばかみたい。あたしは思う。ものすごい無力感にとらえられながら。

幸彦もあたしも、ばかみたい。人間なんて、みんな、ばかみたい。そう思いながら、あたしは幸彦の腰にまわした腕にさらに力をこめる。

「どうして、好きなのに、あたしたち、どうもできないの」こんな質問をしても無駄だと知りながら、あたしは聞いた。

「僕は、無力だから」幸彦は静かに答えた。

「無力？」

幸彦はしばらく黙っていた。それから、こう言った。

「カノコのこと、ずいぶん、好きだった」

海は満ち来て、あしを濡《ぬ》らす。あたしたちが座っている流木は、いつからここにあるのだろう。海が荒れて波が高いときもさらわれずに、ここにずっとあったのだろうか。

あたしと幸彦も、ずっと前から浜にあるもののように、夜の中で動かずにいた。幸彦の鼓動が幸彦のからだ全体から伝わってくる。小さな蟹は穴に戻っただろうか。

「幸彦、冷えるね」

「もうちょっと、こうしていようか」

「ううん、もう宿に帰る」あたしはゆっくりと言う。まだ頭はからっぽのままだ。

「いいの」

「宿に帰って、おりこうに眠る」

幸彦が笑った。あたしの頭を撫《な》でる。ユキヒコ、とあたしはつぶやいた。心の中で。

「もうちょっと、こうしていよう」幸彦は言った。そうね、とあたしは頷く。

「沖の灯がきれい」あたしは、からっぽみたいな声で、言う。

「きれいだね」幸彦も繰り返す。

「このまま夜の海がどこまでも満ちてくればいいのに」

夜の海が満ちて、あたしたちを沈めて、そうしたらあたしたちは小さな蟹になればいい。小さな蟹になって、お互いのことを知らず、潮が引けば穴から出て、潮が満ちれば穴に戻ればいい。

幸彦の鼓動が、あたしのからだじゅうに伝わってくる。

「ユキヒコ」あたしは言う。今自分の中にある優しさをすべて凝縮したつもりの声で。

「うん」

「ユキヒコ」もう一度、あたしは言う。今度はできるだけ静かに。何もその響きの中に込めずに。

「うん」

幸彦とあたしの気配が、しずかにしずかに、夜の海に向かって、満ちひろがってゆく。

ユキヒコ。さらにもう一度、あたしは言う。声には出さずに。

ユキヒコ。戻れなくて、つまらないよ。ユキヒコ。時間が流れて、さみしいよ。ユキヒコ。あたしたちは、ばかだったね。

波がときおり大きな音をたてて、寄せてくる。海が、大きく満ちてくる。夜の中で、あたしはいつまでも、ドキドキしている。

夏の終りの王国

夏だった。

この子とセックスしたいなあ、とわたしは思ったのだ。

いつだって、そうだ。男の子（それがどんなに年のいった相手だったとしても、欲望をいだかせる男は、わたしにとってみんな「男の子」である）を眺めるとき、たとえばこの子が好きだなあ、などとは、最初はわたしはほとんど思わない。それよりも、腕をわたしのくびすじにまきつけてほしいなあだの、焼きたての熱いパンをふたつにちぎってその場でわかちあって食べてみたいなあだの、指を口にふくんでみたいなあだの、即物的なことばかり、わたしは最初に思うのだ。

西野くんの場合は、率直に、セックスしたい、だった。

それで、そう言った。

「ねえ、しよう」とわたしは言った。

「どこで」と、西野くんは聞き返した。なにを、と聞き返さないのがなかなかのものだな、とわたしは思った。

西野くんは、一人暮らしなの。わたしは聞いてみた。大学に入った時から、一人だよ。以来十数年、ずっと一人。西野くんは答えた。

西野くんの部屋に行く前に、わたしはコンビニエンスストアで、歯ブラシとパンツを買った。会計を終えてから、雑誌を立ち読みしている西野くんの隣に立つと、西野くんはにっこりとした。

「泊まるの」と西野くんは聞いた。

「泊まられるの、やなら、泊まらない」

ふうん、と西野くんは言った。でも、泊まらないと、歯ブラシとパンツ、無駄になっちゃうよ。

うちに持って帰るから、いいよ。わたしは答えた。歯ブラシ、わたし、一週間くらいで使いきっちゃうんだ。がじがじ強く磨くもんで。

歯ブラシって、使いきる、っていうものなの。西野くんは笑いながら言い、歩きはじめた。それじゃ須永さんは、パンツもすぐに使いきるのか。そんなことを言いながら、西野くんは手をつないできた。

例子って呼んでいいよ。わたしは西野くんの手をぎゅっと握り返しながら、答えた。

例子ちゃん。例子。例。西野くんは、確かめるようにして、つぶやいていった。例、がいいな。例の体ぜんたいの感じと、例っていう音とが似合う。西野くんはわたしの頭のてっぺんをさわりながら、言った。わたしは髪が固いので、つむじのあたりの髪がつんつん立っている。セシルカットの全体は、ちゃんとなでつけられているのだけれど。

例のうなじのあたりが好きだな、と西野くんは言った。それから、足を速めた。期待に満ちた気配を、西野くんは体ぜんたいから発散させていた。わたしはそれが嬉《うれ》しくてたまらなかった。早くセックス、したいな、と念じながら、わたしも小走りに西野くんを追った。汗が、西野くんとわたしの首すじをしたたり落ちた。

あ、と西野くんが言った。

きちんとスーツを着て、西野くんはいい様子の男に見えた。そうか、このひとは社会生活のようなものをきちんと営んでいるんだ、とわたしは感心した。感心したので、はんぶん裸みたいな恰好《かっこう》のまま、西野くんをぎゅっと抱きしめたのだ。玄関で。翌朝だった。

「おっことしちゃったみたいなんだ」と、西野くんはわたしの体をそっとひきはがしながら、言った。

「なにを」わたしは、聞いた。

「鍵《かぎ》」

「どこの」

西野くんは、答えなかった。西野くんはかがんだまま玄関のたたきを手さぐりした。

「前の彼女の、ところの」西野くんは、しばらく探したあとに、言った。

「前の」わたしは聞き返した。

「前の。ていうか、今別れかけてる、彼女」

今別れかけてる、か。微妙だね。わたしがつぶやくと、西野くんは頭をこまかく上下に振った。上下に振りながらも、探しつづけている。別れるとしたら、返さなくちゃと思ってさ。ちゃんと。

ちゃんと、という言葉が、西野くんの「社会生活」を想像させた。ねえ、わたしが探しておいてあげるよ。鍵でしょ。ふつうの。銀色の。わたしが言うと、西野くんは立ち上がり、じゃお願い、と言いながらいそいで扉を開けて廊下に飛び出した。

西野くんが行ってしまったので、わたしは玄関の前に座りこんだまま、西野くんの体のことを思い返してみた。西野くんとするセックスは、ちょっと、よかった。すごくよかったわけではないけれど。でも、ちょっとだけ、よかった。

「クールにふるまってるけど、努力家、って感じかなあ」わたしはつぶやいた。そうだ。わたしは西野くんに好感を抱いたのだ。クールにふるまっているけれど、あんがい勤勉で努力家な西野くんに。

鍵は、みつかった。銀色に光る、きれいな鍵。鍵は新品同様だった。めったに使わなかったのだろうか。いったいどんな女の子が、西野くんにしっくりと来るだろうかとわたしは想像してみた。髪は。表情は。身長は。言葉づかいは。体の動きは。性格は。どんどんわたしは考えてゆく。

癖なのだ。西野くんのことが好きになってしまったから思いめぐらす、というわけでもない。職業柄かもしれない。わたしは子供向けとも大人向けともつかないような小説を書いて、生計をたてているのだ。さほど本は売れないが、一人で暮らすぶんには貧窮することはない。

「西野くんにしっくり来る女の子」の全貌《ぜんぼう》を考え終えてしまうと、鍵を食卓の上に置き、わたしは西野くんのベッドにふたたびもぐりこんだ。西野くんの本棚から『破戒』を取り出して、ぱらぱらと頁《ページ》をくってみた。西野くんの本棚には、『破戒』や『妊娠小説』や『ガープの世界』やあとは何冊かのビジネス関係の新書が並んでいた。なんだか把握しづらい男の子だと思いながら、わたしは『破戒』を適当にめくっては、そこに書かれている言葉を眺めた。

そのうちにわたしは眠くなってきた。まだゆうべのわたしと西野くんの肌の匂《にお》いのするベッドで、わたしは『破戒』を片手に持ったまま、浅い眠りの中をたゆたいはじめた。

西野くんが会社から帰ってきたのは、夜の十一時過ぎだった。わたしが食卓に向かってノートパソコンを広げているのを見ると、西野くんは一瞬驚いた顔をしてから、すぐに平静な表情をつくった。素直に驚いて、それから「やだなあ、まだいるの」だの「まだいてくれて嬉しいよ」だのいう意思を表明すればいいものを、西野くんときたら、平然としたみぶりを崩そうとしないのである。

「おかえり」とわたしは言ってみた。

「ああ」と西野くんは答えた。ああ、じゃないだろう、ああ、じゃ。そう思ったので、その通りわたしは口に出してみた。

「じゃ、なんて言えばいいの」西野くんは少しばかり途方に暮れた声で、聞いた。

「ふつう、居つかれたら困るでしょ、ただ一回セックスしただけの女に」

「ああ」

「だから、ああ、じゃないでしょ」

「ああ」

西野くんはほんとうに途方に暮れているようだった。疲れているのかもしれない。わたしな朝八時前に家を出て、夜十一時までずっと働かなければならないとしたら、わたしならば一日か二日でばったりと倒れてしまうだろう。無理もない。

「邪魔なら、ほんとに、言ってね」わたしはパソコンの電源を切り、ふたを閉めた。

カーテンが微風をはらんで、ほんの少しふくらむ。この時間になるといくらかは涼しくなるが、東京の夏の空気は深夜になっても湿気を含んで、重い。

「エアコン、つける」わたしは聞いてみた。

ああ、と西野くんは同じ調子の声で答えた。窓を閉ざし、カーテンもしっかりとかきあわせてから、わたしはリモコンのスイッチを入れた。ざあ、というエアコンの風の音が突然はじまる。西野くんはぼんやり空を見つめたまま片手でネクタイをはずし、ワイシャツを脱ぎ、ズボンをハンガーにきちんとかけ、浴室へと向かった。自動的に動く人形みたい、とわたしは思った。

「いっしょにおふろ、入ろうよ」わたしが言うと、西野くんは薄く頷《うなず》いた。

「一緒に入るの、めんどくさいの？」西野くんがあいかわらずぼんやりとした表情でいるので、聞いてみた。

「めんどくさいっていうか」

「ていうか？」

「例って、なんかその、動物みたいだね」

動物か、とわたしは思った。西野くんの方がわたしから見るとよほど動物のように見えるのだが。人間ならば、もっと人間らしく、はっきりとした意思表明や行動を見せてほしい。

西野くんは、風呂《ふろ》の給湯をはじめた。お湯を張る前に、きちんと浴槽をスポンジでこすったりしている。例、先に入ったら。西野くんはパンツとシャツだけになってソファにもたれながら、言った。

一緒に、入ろうよ。からだ洗ったり背中掻《か》いたり足の裏のツボ押したりしたげる。わたしが言うと、西野くんは遠慮がちな感じでほほえんだ。

狭いから、きっと例、一人で入った方がのびのびするよ。西野くんは言った。

一人じゃつまんない、とわたしは答えた。ずっと一日一人でいたんだもん。せっかく二人になったんだから、一緒に入ろうよ。

「いや、僕が、一人で入りたいんだよ」西野くんは、おずおずした口調で、言った。

「ほら、早くそう言わなきゃ」

「え」

「思ったことは、思った通りに言った方が、生きやすいよ」

「例みたいに」

うん、とわたしは答えながら、浴室の扉を開けた。思ったことを思った通りになんか、ほんとうは誰も言えやしないけれど、それにしてもなぜ世の人々は思ったことの千分の一も口に出すことをためらうのだろう。せめて千分の十、いや、千分の二十くらいは、口にしても罰は当たらないだろうに。

わたしは体を丸めて湯につかった。じきにほてってきたので、いいかげんに体と髪を洗い、もう一回ちゃぷんとつかってから、そそくさと浴室を後にした。ずいぶん早いね、と西野くんは目をみはった。女の子って、みんな長湯なのかと思ってた。

「わたし、お風呂、あんまり好きじゃないし」

「そうなの」西野くんはあやふやな口調で、つぶやいた。例って、何歳だっけ。僕と同じ、三十くらいだっけ。西野くんはあやふやな調子のまま、聞く。

「西野くんよりは、年うえだよ」

ふうん、と西野くんは言った。それ以上深く聞こうとはしない。聞けばいいのに。無関心なのだろうか。それとも、すべての女は年齢のことを気に病んでいるとでも思っているのだろうか。

「ビール、飲んでもいい」わたしは聞いてみた。

「いいよ」

「一緒に飲もうか」

ああ、と西野くんは先ほどからの「ああ」よりもいくらか力強く答えた。帰ってきてから初めて聞いた、西野くんの意思のこもった「ああ」だった。

お風呂、早く入っておいでよ。待ってるから。わたしは言い、頭に巻いていたタオルをほどいて旗のように振った。西野くんはパンツとシャツを脱ぎながら、浴室に向かった。あー、と伸びをする声が聞こえた。それから、浴室の扉を閉じる音。

西野くんの風呂は長かった。一度出したビールの缶が、次第に曇りをなくしていったので、もう一度冷蔵庫に戻した。ソファに斜めに座ったまま、わたしは少し眠ってしまったらしかった。気がつくと、わたしが体に巻きつけていたタオルを西野くんがはずすところだった。西野くんは雫《しずく》を滴《したた》らせながら、わたしの上にのっかってきた。目をぱっと開けて、上にいる西野くんに向かって「おあがり」と言うと、西野くんはうふふと笑った。

わたしたちは短いセックスをした。すごくいいわけではないけれど、ちょっといい、セックス。終わってからわたしたちは約束通り、一緒にビールを飲んだ。缶の表面は、ふたたび冷やされてよく曇っていた。一息に、わたしは飲んだ。喉《のど》をそらせて飲むわたしを、西野くんはじっと眺めていた。

例、今夜も泊まってくの。西野くんは聞いた。どうしよっかな。さしあたっての締切りもないし、泊まってってもいいよ。わたしが言うと、西野くんは頷いた。それから、わたしの頭のてっぺんの、髪が立っているあたりを、くしゃくしゃとかきまぜた。

西野くんの部屋には、五日間いた。金曜日、そろそろ校正のファックスが届くころだったので、西野くんに「いってらっしゃい」と手を振った後、荷物（三回洗ったパンツと、すでにはんぶんささくれだってしまった歯ブラシと、常に持ち歩いているノートパソコン）をまとめ、ざっと部屋を掃きだしてから、扉に鍵をかけた。扉についている新聞受けにそのまま鍵を放り込み、自分の部屋に向かった。

久しぶりに電車に乗ると、西野くんの部屋でのことは遠い昔のことのようになった。西野くんの部屋にいる時には、あんなにはっきりとしていたのに。西野くんの肉体も、西野くんのまなざしも、西野くんの言葉も。けれど一度離れてしまうと、すべては一瞬で遠い昔のことになってしまう。

蟬《せみ》が鳴いていた。西野くんの部屋のあたりには、ほとんど蟬がいない。窓を開けていても、よその家のエアコンから吐き出される熱気ばかりが流れこんでくるので、だんだんにわたしは窓を開けなくなってしまっていた。冷房は嫌いなはずなのに、西野くんの部屋ではエアコンをつけっぱなしにするようになっていた。

自分の部屋に帰って、窓もカーテンも開け放して、蟬の声に聞きいった。ファックスは校正以外にも二通きていた。児童書の書評の依頼が一つに、生命保険会社の発行している小冊子用のアンケートが一つ。

老後の生活に不安をおぼえたことは、ありますか。

将来、という言葉で思い浮かべるイメージは、どんなものですか。

アンケートには、そんな設問が並べてあった。将来ねえ、とわたしはつぶやきながら、アンケートの方のファックスをまるめて、ごみ箱に捨てた。

校正をていねいに済ませてファックスで送り返し、次の週末までの締切りの原稿のための資料を読み、遅い昼食をとると、眠くなった。夏になるとクロゼットの奥から出してきて床の上に敷く、二畳ぶんほどの茣蓙《ござ》の上に横たわったとたんに、寝入ってしまった。

目覚めると、とっぷりと日が暮れていた。体に力がみなぎっていた。誰かに電話して、夜遊びでもするかな。そう思ったとたんに、電話が鳴りだした。

「あ、例」

とっさに、誰だかわからなかった。うん、とだけ、わたしは答えた。

「よかった、そこにいたんだね」

いるよ。自分ちだし。わたしが言うと、相手は笑った。笑い声で、西野くんだということがわかった。

「げんき」わたしは聞いた。

「帰ってきたら例がいないから、びっくりした」

仕事、あるもん。わたしが言うと、西野くんはまた笑った。動物でも、仕事、しなきゃならないなんて、つらい浮世だね。

暑いね、どこにいても。ビールでも飲みに行こうか。わたしは言ってみた。今朝までずっと西野くんと一緒だったから、違う友達と会いたい気もしたが、せっかく電話してきてくれたのだ。誘うのが礼儀というものだろう。

いいよ、と西野くんは言った。こちらも、礼儀正しい調子の声である。礼儀には、礼儀を、か。きっと西野くんはどんな女の子にも、こういう声を出しているのだろうと思うと、なんだか可笑《おか》しかった。クールに見えるけれども、存外勤勉で努力家の、西野くん。

「ねえ、将来っていう言葉で思い浮かべるイメージって、何」わたしは聞いてみた。

「なに、突然」

「だから、将来」

うーん、と西野くんはしばらくうなった。言質《げんち》を取られる、と咄嗟《とっさ》に考えているのかもしれない。結婚、とか、家庭、なんていうものに結びつくような。

「わたしはね、城壁、かな」

西野くんがうなってばかりで一向に答えないので、先にわたしが言ってみた。

「城壁」西野くんは聞き返した。

「王国なんだ、そこは」

「王国」

「いつも夏で、蝉がよく鳴いてて、高い城壁に囲まれていて、とても年とった王様がひっそりと治めている、そういう王国」

「そ、それが、例の将来のイメージなの」西野くんが電話の向こうで困惑しているのがわかった。

「そう」

「でも、例と、その年とった王様とか蝉とかと、どう結びつくの」

「そういう王国に住むと、幸せそうじゃない」わたしが言うと、西野くんはため息をついた。よくわかんないな。結婚とか、子供とか、年金とか、そういうものは、出てこないの、例の将来には。

「出てこないなあ。横にしても逆さにふってみても、出てこないなあ」しんそこそう思っているので、わたしはその通り、答えた。まあともかく、ビール、飲みに行きますか。わたしが言うと、西野くんはほっとしたような声で賛成した。

ちょっと好きだな、西野くんのこと。そう思いながら、わたしは出かける支度をした。ちょっと好きだけど、ものすごく好きなわけでもない、西野くん。来週の締切り明けには、西野くんでない誰かと会おう、と思いながら、わたしはサンダルのストラップに踵《かかと》をすべりこませた。


「前の彼女」に「ちゃんと」鍵《かぎ》を返してきたのだ、と西野くんは言った。会話の合間に、ふと、という感じで言った。

けれどほんとうは、ふと、ではないことを、わたしは知っていた。西野くんは、是非わたしにそのことを言いたかったのだ。こういう時、わたしはいらいらする。わたしのことを好きになったのなら、どうして西野くんはそう言わないのだろう。前の彼女に鍵を返す、なんていうことは、わたしにとって何の示唆《しさ》にも比喩《ひゆ》にもならない。

「仕事、忙しいの？」わたしはおざなりな調子で聞いた。西野くんに対する興味を、急速にわたしは失っていた。

「忙しいといえば、忙しい」西野くんはゆったりと答えた。あと一杯飲んだら、帰ろう。わたしは決めた。

「あ、いけない」とわたしは言った。「締切り一つ、忘れてた」

締切りを忘れるほどたくさんの注文は、わたしには来ない。けれどそんなことは西野くんにはわかりっこない。あれ、そうなの。西野くんは余裕に満ちたほほえみを浮かべたまま、わたしを見つめた。ねえ、例の部屋って、どんな感じなの。西野くんは聞いた。

別に。畳の部屋とフローリングの部屋が一つずつ、どっちの部屋にも本棚が壁いっぱいに置いてあって、あとは、小さなテレビと中くらいの冷蔵庫とファックスがあるよ。

例っぽい部屋だね。西野くんはほほえんだ。笑顔のいい男の子ではある。清潔だし、ほんの少し陰影もあるし、話にも厭味《いやみ》がない。どうしてこんな女の子一般にとって適切な感じの男の子とセックスしちゃったんだろうと、わたしは後悔していた。

「じゃ、帰るね」わたしはグラスに残ったお酒を飲みほしながら、立ち上がった。

西野くんは一瞬ぽかんとした。それからすぐに平静な様子になった。こういう時、ぽかんとした様子を続けてくれれば、わたしももっとこのひとに興味を持てるのに。そう思いながら、わたしはその場で西野くんに小さく手を振った。五千円札を西野くんのてのひらに押しつけるようにして渡し、さっさと扉の方へと歩きだした。

駅までの道を、わたしは大きく深呼吸しながら、歩いた。しばらく歩くと、西野くんのことはすっかり忘れた。

「例は、もしかしたら僕のこと、そんなに好きじゃないかもしれないけれど」と西野くんは続けた。

西野くんと話すのは、三週間ぶりくらいだった。珍しく締切りが混んでいたし、関西方面に取材に行く用事もあったのだ。電話は、取材からちょうど帰ったばかりの日曜日の夕方にかかってきた。ちょっと張りこんで買った、いつもより上等の鯖鮨《さばずし》を早く食べたくて、わたしは荷物の始末も早々に、部屋で一人いそいそとお酒の用意をしていたのだ。

会いたいんだ、という電話が西野くんから来たのは、ちょうど燗《かん》がいい具合につい た頃あいだった。そうね、来週にでもね。わたしは早くお酒が飲みたくて、いいかげ んに答えた。

ねえ、今日、空いてない。西野くんはくいさがった。

急ぎなの。わたしは早口で聞き返した。

用はないけど。ずっと会ってなかったから、なんだかつまらなくて。西野くんは言 った。会いたいんだ。例の顔を見て、例と喋《しゃべ》りたいんだ。例は、もしかしたら僕のこ と、そんなに好きじゃないかもしれないけれど。西野くんは続けたのである。

あれ、とわたしは思った。西野くんて、こんなに素直な男の子だっけ。

いつもと西野くんは違っていた。以前、突然西野くんに興味をなくした時とは反対 に、わたしは突然また西野くんに興味をおぼえはじめた。

例、僕なんだか、今日は人恋しくて。西野くんは言った。

でも西野くん、いっぱいガールフレンドとか恋人とか、いるでしょ。女の子とのあ れこれ、得意でしょ。わたしが言うと、西野くんは喉の奥で「う」というような声を たてた。どうして例、そんなこと言うの。

だって、ほんとに、得意でしょ。

そりゃあ僕は一種のなんていうか女たらしに近いものなのかもしれないけどさ。だけど、なぜ例はそんなことがわかるの。一言も、僕の女性遍歴とか僕のちかごろの性生活について、僕は語ったりしてないわけだし。

ちょっと西野くんと喋ったりセックスしたりすれば、わかるよ。そんなことくらい。わたしは笑いながら、答えた。

西野くんも電話の向こうで笑った。今まで聞いた西野くんの笑い声の中で、いちばん朗らかな声だった。

西野くん。悪くないな。やっぱり、ちょっといいな。わたしは思った。

西野くん、今日さ、京都で鯖鮨買ってきたの。五千円もするやつだよ。一緒に食べる。思ったとたんに、わたしは聞いていた。食べるんなら、今すぐおいでよ。早く来ないと、食べおわっちゃうよ。わたしが言うと、西野くんはまた朗らかに笑った。

パンツと歯ブラシ、持っていっていい。西野くんは聞いた。泊まられるの、やじゃなかったらさ。

やだったら、どうするの。わたしは聞いてみた。

やだったら、歯ブラシは例に寄付する。

パンツはどうするの。

すごすご持って帰る。

いいから、明日のスーツも持っておいでよ、とわたしは言った。

西野くんの到着を待っている間に、来客用の敷布団《しきぶとん》と掛け布団とシーツと枕《まくら》カバーをわたしは押し入れから出して、畳の部屋に重ねた。部屋に男の子が来るのは、久しぶりだった。わたしはセックスをしたいと思えばただちにその男の子とセックスはするが、絶え間なくそのような欲望をいだいている、というわけでもないのだ。以前、男の子がこの部屋を出たり入ったりしたのは、三年以上も前のことになる。

西野くん、とわたしは声に出して言ってみた。西野くんの訪れを、わたしは確かに楽しみにしていた。西野くん、とわたしはもう一度声に出してみた。西野くんを好きになりたいな。好きになれるといいな。いつの間にか、そうわたしは願っていた。

誰かを好きになることがわたしは好きで、でも誰かを好きになることはなかなか難しい。わたしは自分の欲望をよく知っているから。自分がほんとうのところ何を望んでいるか、正直に自分に問うてしまうから。

西野くんのぜんぶを、欲しくなれるといいな。わたしはつぶやいた。

冷蔵庫からわたしは茄子《なす》を三個取り出した。フォークで茄子の表面にぽつぽつ穴を開け、焼き網の上に並べた。それから、ガスレンジの火をぱっと点《つ》けた。火は最初オレンジ色だったが、すぐにきれいな青に変わった。

透き通るようなガスの青い炎を、わたしはしばらくじっと見ていた。

夏の終りだった。

わたしが西野くんを愛するようになったのは、夏の終りだった。

西野くんのぜんぶを、わたしはほんとうに欲しくなったのである。

あの日、焼き茄子を食べる前に、西野くんとわたしはセックスをした。優しい、セックスだった。セックスをし終わるころには、もうわたしは西野くんとのセックスがどんなレベルのものなのかを考えなくなっていた。つまり、西野くんとのセックスがちょっといい、とか、ものすごくいい、とか、そういったことを考えなくてもよくなっていたのである。

そのひとの全部を好きになることに決めると、いいだのよくないだの、そういう価値判断などしなくても、よくなるのだ。ただ、好きでいれば、いい。

だから、あの夏の終りの日からは、西野くんとのセックスは、ただの「好きなひととのセックス」になった。「誰かとするものすごくいいセックス」とか、「誰かとするちょっといいセックス」とかいうものでは、なく。

ぜんぶ、欲しい。

あの日、セックスのあと、わたしが言うと、西野くんは頷《うなず》いた。おそらくあの時もその後も、西野くんには「ぜんぶ」ということの意味がわかっていなかったのだろうけれど。だって、結局西野くんは女の子をほんとうに好きになるということを知らなかったし、最後まで知ろうとしない、男の子だったから。

「どうして僕がそういう男だってことがわかるの」と、西野くんは聞いたことだろう。もしそんなことをわたしが口に出していたならば。

「ちょっと西野くんと喋ったりセックスしたりすれば、わかるよ。そんなことくらい」とわたしは答えただろうか。

西野くんのような男の子を「ぜんぶ」欲しがるのは、困難なことであることは、予想がついた。むろん「ぜんぶ」とわたしが決めてからも、西野くんは、何人かの、わたしではない女の子と、平気でセックスをした。若い女の子もいたし、年のいった女の子もいた。西野くんのことをずいぶん好きな女の子もいた。遊びだ、と割り切っていた女の子もいた。真剣に西野くんを見つめていれば、そのくらいのことはわかるものだ。

でも、わたしはかまわず西野くんのことをたくさん愛した。

ただ、愛した。

愛されることは、ほんの少ししか望まないで（いくらわたしでも、ほんのぽっちりも愛されることを期待しないで誰かを愛することはできない）。

「ねえ、もうすぐ夏が終わるね」とわたしが言ったのは、わたしが西野くんを愛しはじめてからちょうど一年たった頃だった。

「そうだね」西野くんは、並んで横たわっているわたしの頭のてっぺんを撫《な》でながら、言った。

「夏の終りが、好きだな」わたしはつぶやいた。

「僕は、夏の終りが、あんまり好きじゃない」西野くんは平板な声で答えた。

え、とわたしは聞き返した。


違和感、とわたしは言わなかっただろうか。西野くんを愛しながら、わたしはいつも小さな違和感を感じていたのだ。小さいけれど、密度の濃い、どうしようもなく固い、しこりのようなもの。

夏の終りに、僕の姉は死んだんだよ。あのとき、西野くんは静かに言ったのだ。

そう。わたしはささやいた。初めて聞く話だった。西野くんはもともと自分自身の話をほとんどしない。

西野くんの頭のてっぺんを、わたしはそっと撫でてみた。

僕が友達と海の家に泊まりに行っている間に、姉は近所の原っぱで、服毒自殺をしたよ。僕が家にいさえすれば、気づいただろうに。海の家なんかに行ってたから。発見が遅れて。姉は死んだ。西野くんは、わたしに撫でられながら、あいかわらずの平板な声で、言った。

西野くんの頭を、わたしはいっしんに撫でつづけた。西野くんはそれ以上何も言わなかった。わたしも、しんと黙っていた。

西野くんを愛するようになってから初めて、わたしは疑いをいだいた。

西野くんを、もう、愛せないかもしれない。

女の子たちと平気でセックスをした時だって、西野くんが小さな嘘《うそ》をいくつもついていることに気づいた時だって、ぜんぜんそんなことは思わなかったのに。

冷気のようなものが、西野くんの体ぜんたいから吹き出していた。それは、ほんとうは西野くんが自殺したお姉さんの話をする前から、細い鋭い一筋の冷気として、いつもそこにあったものだったろう。けれど、わたしはその細い一筋を見ないようにしていた。気づかないように、していた。

ああ、このひとは、こんなに、深い淵《ふち》を、持ったひとだったんだ。わたしは絶望的に、思った。

西野くん。わたしは呼びかけた。

なに、例。

愛してる。愛してた。

え、と西野くんは目をみひらいた。どうして過去形を使うの。

だって、もうわたし、あなたを愛せない。正直に、わたしは言った。正直にしか、わたしは言えない。

どうして。西野くんは起き上がった。西野くんの固い腹や胸の筋肉を、わたしはかなしく見つめた。

ごめんね。

僕が、誠実でないからなの。西野くんは聞いた。

そうかも、しれない。わたしは答えた。けれど、そうでないことは、わたしにはよくわかっていた。

ごめん。もうよその女の子と寝たりしない。絶対にしないから。西野くんは叫んだ。

わたしはびくりとした。西野くんがそんなに叫ぶほどに、わたしのことを好きだとは、思ってもいなかったから。少しは、好きだったろう。けれど、ものすごくは、好きではないと、わたしは思っていたのだ。

愛してた。わたしは繰り返した。絶望的な気持ちのまま。

例、もう、だめなの。ねえ、どうしても、だめなの。

西野くんは、泣いていた。おれ、こんなに自分が例のこと好きだなんて、知らなかった。泣きながら、西野くんは言った。

例、愛してるよ。

ごめんね。わたしはきっぱりと言った。

西野くんを愛することができるほど強くて優しい女の子なんて、この世に存在するんだろうか、とわたしは心の中で思った。いないだろう。たぶん。

西野くんが可哀相《かわいそう》で、わたしも泣きだしそうだった。でも、我慢した。同時に、さきほどの、西野くんから吹きつけてきた冷気のようなもののことを思うと、正直なところ、ぞっとした。

一刻も早く西野くんから逃れたい。気持ちのいちばん底では、わたしはそう願っていた。違和感の正体が、その時でさえも、わたしにはほんとうのところよくわからなかったけれど、ただ、違和感がたしかにあることだけは、はっきりとわかってしまったから。どんなにわたしがつとめても、決して消えてくれないだろう、冷たくて恐ろしい違和感。

逃れたい。ただ、わたしは思っていた。愛したい、ただ、と思っていた時と、同じように。

さよなら、と西野くんは最後に言った。礼儀正しい、優しい、口調だった。

ああ、このひとは、こういうふうに、いつまでも一人なのかしら。わたしは西野くんの目をじっと見つめながら思った。

「夏の終りの王国に、いつか僕も招待してよ」西野くんは言った。ほほえみながら。

「ああ、いつかね。いつか、もっとわたしが年とって、もっとわたしが賢くなって、もっとわたしが強くなったなら」わたしはうなだれて、言った。

さよなら、と西野くんはもう一度言った。さよなら、とわたしも言った。

わたしの部屋から駅への道を、わたしたちは歩いていた。わたしたちの最後の日である今日、西野くんはわたしの部屋に荷物を取りに来たのだ。西野くんの部屋の方には、わたしのものはほとんど置いていなかった。使いかけの歯ブラシが一本に、予備の歯ブラシが三本。予備のぶんは西野くんにあげて、使いかけのは捨ててもらった。

「ねえ、僕はさ、きっと夏の終りに死ぬような気が、するよ」西野くんは顔を上げながら、言った。

「死ぬ前に、招待しなきゃね、わたしの王国に」

「まあせいぜい長生きして、例が賢くなるのを待つよ」

「賢く、なるかな」

「なれないだろうね、例はなにしろ動物みたいなもんだし」

西野くんはほほえんだ。自分のことをほんとうに愛してくれる女は、この世にはいないと知りつくしているような、不思議なほほえみだった。いつか見た、透き通ったガスの炎のようなほほえみ。

涙が出そうだった。西野くんを、もう一度、愛したいよ。今にもそう言いそうだった。でも、言えなかった。

西野くん、げんきでね。それだけ言って、わたしは立ち止まった。

例も、元気でね。西野くんも言い、すたすたと改札口を通って、行ってしまった。西野くんは振り返らなかった。

西野くんの姿が見えなくなってから足元をふと見ると、蟬《せみ》が一匹、腹を見せて落ちていた。靴のさきっぽでそっとつつくと、蟬はかすかに動いた。

やがて蟬は、じ、じ、と鳴きはじめた。見ているうちに、蟬の鳴き声は大きくなった。もう一度、つまさきでつっつくと、蟬は羽をぶるんと震わせて、飛び立った。

そのまま蟬は、空へとのぼっていった。かすかな蟬の羽音が、いつまでも、わたしの耳に残っていた。

通天閣

昴《すばる》は髪がやわらかい。

わたしは昴の髪を撫《な》でるのがだいすきだ。でも昴は撫でられるのはきらい、と言う。誰に撫でられるのも、きらい。たとえ世界でいちばん愛するひとの手でも、やわらかく自分の髪を撫でてほしくなんかない、と昴は断言する。だいたい昴は、断言というものを、いともかるがるしくおこなうのだ。

でもわたしは知っている。いつかニシノが昴の髪を撫でていたときに、昴の喉《のど》の奥で鳴っていたかすかな音を。猫みたいな音。満足しきった猫みたいな音。背中も猫みたいに長くのばして、昴は床にぺったりと座っていた。ニシノはそのまま昴の背中を大きく撫で、お尻《しり》のあたりも撫で、昴に薄くキスしてから、よいしょ、と立ち上がった。

「ニシノォー」と昴が呼びかけた。外国の言葉みたいに響く呼びかけ。昴はいつもニシノを呼ぶとき、語尾をのばす。甘いようにも酷薄なようにも、どちらにも聞こえるのばしかただ。

「行くの」昴は聞いた。

「うん」とニシノは答えた。それからわたしが隠れている冷蔵庫のうしろがわのあたりに向かって、「そんなとこで聞き耳立ててないで、出ていらっしゃい」と言った。わたしと昴の部屋の冷蔵庫は、なぜだか壁に沿っていない。部屋のまんまんなかに、冷蔵庫はどんと置いてある。いつでも手をのばせるところに冷蔵庫があると嬉《うれ》しいから、と言いながら、あるとき昴が移動させたのだ。

ニシノは、じきに行ってしまった。昴はそのまま床に寝そべった。窓から差す光の中に、こまかなほこりが浮かんでいた。光をはずれたところには何も見えないのに。昴は光の筋に向かって、寝そべったまま手をのばした。ほこりをつかもうとするかのように、てのひらをまるめた。

「つかめないよ」昴は寝そべったまま、言った。

「チンダル現象っていうんだって」わたしは小さな声で言った。

「なによ、そのチンて」

「そういうふうにほこりが浮かんで見えること」

「なんでタマがそんなこと知ってるの」

昴は肘《ひじ》をついて横身になりながら、聞いた。わたしはもっと小さな声で、「ニシノに教わった」と言った。昴は冷蔵庫の扉を足で開いて、しばらく冷蔵庫の中に小さな足先をさし入れてから、また閉じた。冷蔵庫が、ぶうん、という音をたてた。「よかったね」昴は大きな声で言った。「よ」と「かっ」と「た」と「ね」が同じ大きさの、べたべたした玉のような感じの、言いかたである。「ニシノって、いろんなこと知ってるよ、あんがい」わたしが言うと、昴はもう一度、べたべたした玉でできた「よかったね」を発声した。わたしが立ち上がると、昴は一回でんぐりがえしをした。小さなでんぐりがえし。昴は体がやわらかいので、ずいぶん狭い場所でもでんぐりがえしができるのだ。でんぐりがえしをしながら、昴は不機嫌な顔をしていた。ニシノがちゃんとキスしてくれなかったことを怒っているのだ、きっと。それから、チンなんとかについて、自分ではなくわたしだけが知っていたことも。

ニシノとは、ちょっと前に知りあった。というか、昴がニシノを引っぱってきたのだ。どこかのお店でニシノに会って、それから何時間か一緒に喋《しゃべ》って、あげくにこの部屋に連れてきたのである。

「ねむーい、って言うから」ニシノはあのとき、おだやかな口調でわたしに向かって説明したものだった。昴は自分が発したその言葉どおり、地面にたまった水たまりみたいな感じに、床の上でゆるりと寝入っていた。

「あんなに眠そうに『ねむーい』って言う女の子は、はじめてだったな、僕は」ニシノは笑いながら言った。

「昴は率直だからね」わたしは無愛想に答えた。見知らぬ男を漫然と連れて帰ってくる昴にも、平然と人の部屋にあがりこんで、そのうえ特にセックスを強く要望しているわけでもなさそうな男にも、いらいらしていたのだ。はっきりしない状況が、わたしは、不得意なのだ。黒か白、それしかないの、タマは。いつも昴は言う。赤か緑、とか、黄か紫、とか、いくつか、あるよ。わたしが答えると、昴は声をたてて笑う。昴の声は、澄んでいる。その澄んだ声で、よく知らない男に、油断しきった「ねむーい」なんていう言葉を発したのかと思うと、わたしはますますいらいらした。

「なにか、飲む？」ニシノはあのとき、床で眠っている昴を眺めながら、わたしに聞いたのだ。

「飲まない」とわたしは即答した。「だいいち、ここって、わたしたちの部屋なんだよ」

　とんがった声で続けると、ニシノは目を細めた。

「タマちゃんて、いうの」

「女なら誰にでもちゃんづけする男なわけ」

ニシノをにらみながら、わたしは言いはなった。ニシノは怒るふうもなく、自分の薄いかばんの中からウーロン茶の缶を一本、とりだした。

「誰でも、じゃないよ」プルトップを引きながら、ニシノは言った。「タマちゃんみたいに、ちゃん、ていうよびかたが似合う女の子にだけだよ」缶が傾いていたので、ウーロン茶がわずかにこぼれ出る。わたしはニシノの横っつらをひっぱたきたくなった。

「もう明日が始まる時間だから。さっさと帰って」と言いながら、わたしは玄関のほうを指さした。指さしは行儀が悪いよ、と昴ならば言うことだろう。妙なところが昔かたぎなのだ、昴は。

「明日が始まる時間、って、いい言いかただね」ニシノは言って立ち上がり、ウーロン茶を飲みながら玄関で靴をはいた。かばんを持ったほうの手で扉を押し開き、ウーロン茶を飲みつづけながら、外に出た。それから階段をかんかんと下りていった。

玄関の大きさに小さくきりとられた空が、かすかに白んでいた。冷気が足もとからあがってくる。もう明日はしっかり始まっちゃったよ、とわたしはつぶやいた。ほんとうは真夜中の十二時に明日は始まるのだけれど、あけがたまでは、まだ昨日に属しているような気が、いつもわたしはしているのだ。でもそれも、夜が明けてしまえばおしまい。夜明けと共に、掛け値なしの明日がやってくる。

いそいで玄関の扉を閉め、わたしは冷蔵庫からりんごジュースをとりだした。背の高いプラスチックの容器に入っているジュースを、コップに半分くらい注ぐ。ゆっくりとすすった。昴はきっとあのニシノっていう男が好きなんだ、とわたしは思った。冷蔵庫が、ぶうん、と鳴った。昴が小さくみじろぎする。わたしは昴に毛布をかけに行き、ついでに昴のほっぺたをちょっと撫でた。眠っているときならば、撫でても昴は文句を言わない。

それからニシノはちょくちょくやってくるようになったのだ。まえぶれもなく、ニシノはやってくる。

「電話かけるとか、どうにかするくらいの常識が、ニシノにはないの」とわたしが言うと、昴が横あいから、「予告されたたのしみなんて、あたしは嫌い」と断言する。ニシノはただ笑っている。

予告なしでやってくるので、ニシノがやってきても部屋にはわたし一人しかいないときも多い。昴はただでさえ外にふらふらと出てゆくのが好きだし。

「どうしてタマちゃんはいつも丸い姿勢なの」といつかニシノが言ったことがあった。わたしは部屋にいるときはたいがい、ラグの上でまるまって過ごす。外で白黒つけすぎる疲れが出るんだよ、タマは、などと昴は言う。

「丸くなってると、安心だもん」

「昴はいつも長くなってるね」

「だから、昴は率直だって言ったでしょ」

「率直な女の子は長くなるの？」

「うるさがたは丸まる、率直は伸びひろがる」

タマちゃんて、なんか変わってるね、とニシノは感心したように言った。そういえば、タマちゃんて、何歳。

「昴とおないどし。二十一」

え、とニシノは驚いた。生まれた年に大貫さんが一億円を拾って、四歳のときにかい人21面相が活躍したよ。わたしがそう説明すると、ニシノはしげしげとわたしの顔を眺めた。

「そんなにふけてる、わたし」

「ていうか、タマちゃんて、十歳にもはたちにも七十歳にも見えるから」

なにそれ、とわたしは言いながら、ニシノに向かってクッションを放り投げた。ニシノは両手でクッションを受けとめ、クッションに顔をうずめた。いい匂《にお》いがする。タマちゃんの匂いかな。そんなことを言う。

「一億円、自分ならどう使うか、って話題で、そういえば昴と盛り上がったんだよ。昴と最初に知り合ったころに」わたしはクッションをもてあそんでいるニシノから目をそらしながら、いそいで言った。

どう使うの、とニシノは聞いた。

「わたしはね、地面に埋めておいて、ときどき掘り出しては、にやにやする」

堅実だね。

「うん」

昴は、どうするって。

「あのね、犬と犬小屋と犬の首輪を買うんだって」

それ、一億円もかからないんじゃない。

「犬の首輪は、ダイヤとかエメラルドとかルビーとか、いっぱいついてる豪華なものらしい」

すぐに盗まれそう。

「そう。すぐに盗まれることはもちろん予定に入ってるの」

盗まれたら、どうするの。

「ものすごい勢いで悪態をついてついてつきまくるんだって」

ニシノは目をみひらいた。それから少し笑った。一億円ぶんの悪態、か。そりゃあぜいたくだ。

「それで、残った犬と一生しみじみと暮らすんだって」

ふうん、とニシノは言った。こんどは目を細める。

「わたしがどこの地面に一億円埋めるかも、昴がどこのお店で豪華な首輪をあつらえるかも、もう決まってるんだよ」

じゃあ、あとは一億円拾うだけか。

ニシノはくすくす笑った。わたしは、ニシノに昴とわたしのばかみたいな夢をぺらぺら喋ってしまったことを、すぐに後悔しはじめた。むっつりと口を閉じて、わたしはラグの上にふたたび丸まった。一億円あったら、とニシノはつぶやいている。一億円あったら、僕は知ってる女の子たちをみんなしあわせにしてあげられるかな。そんなことをつぶやいている。

ニシノはしばらくすると、出ていった。女の子は人にしあわせにしてもらうことなんでできないんだよ、と、わたしはもういないニシノに向かってがみがみと言った。女の子は自分自身によってしか、しあわせになれないんだよ。ふん。

わたしはニシノが顔をうずめていたクッションを手に取った。それから、匂いをかいでみた。クッションの匂いしかしない。床に丸くなったが、落ちつかなかった。膝《ひざ》が鼻にとどくくらい丸くなってみた。そのうちに眠くなって、すると鼻は膝から離れ、手足はひろがり、わたしはほんの少しほどけた。そのまま寝入った。

ニシノは、そういえば、何歳なの。次にニシノが来たときに、わたしは聞いてみた。昴は部屋のすみっこにあるテレビを見ていた。昴はテレビが好きだ。いちにちじゅう、わたしたちの部屋のテレビはつけっぱなしになっている。携帯電話も持っていない昴にとって、テレビは唯一《ゆいいつ》のぜいたく品なのだ。

「三十一。生まれた年によど号がハイジャックされて、四歳のときにスプーン曲げの関口くんが登場したよ」

なんかニシノって、大昔のひと？　とわたしは聞き返した。よど号って、なに、それ。

「スプーン曲げ、必死になって練習したんだけどな」わたしの問いには答えず、ニシノはなつかしそうにつぶやいた。

「昴はときどき、スプーン、曲げるよ」わたしが言うと、ニシノは目をみひらいた。目をみひらくと、眉《まゆ》が下がって、ニシノはちょっとまぬけな顔になる。

「怒ったときとか、かんたんに曲げる。コップも割るし。椅子《いす》も蹴倒《けたお》すし」わたしがつづけると、ニシノは、ふふ、と笑った。昴はほんとに率直なんだね。昴はわたしたちの会話が聞こえているんだかいないんだか、背を向けたままテレビに見入っている。

「昴には、ちゃん、はつけないの」わたしが聞くと、ニシノは頷《うなず》いた。

「昴は、ちゃんづけが似合わない」

そう言われて、わたしはなんとなく憤然とした。ちゃんづけが似合う女なんて、ぜんぜんいいとは思っていないくせに、似合わないと言われると、腹がたつ。昴には世界のあらゆるものが似合うのだ。それがニシノにはわかっていない。わたしはラグの上にいって、丸まった。ラグにくっつけた耳に、天気予報がぼわぼわと伝わってくる。昴はとりわけ天気予報が好きで、天気予報がはじまると音量を大きくする。関ヶ原付近では雪が激しく降っております。北部山沿いでは積雪は三十センチから五十センチのみこみです。海岸付近では波も高いでしょう。お出かけの方はじゅうぶんご注意ください。

ニシノは、天気予報に聞き入る昴を見つめている。雪が降ったら雪だるまを作ろう。昴と二人で。そう思いながら、わたしはラグに強く耳をおしつけていた。

きみたちって、どうやって暮らしてるの。ニシノが昴に聞いた。

「べつに」と昴が答える。答えになってないよ、とニシノが笑う。

「バイト」かわりにわたしが答えた。「昴は『しま』、わたしはいろいろ」

「しま」は、昴が週に四日くらい手伝いにいっている店だ。島さんという中年のオーナーが一人でやっているスペインふう居酒屋である。スペインふうって、なんなの、とわたしが聞くと、にんにくをどの料理にも必ず使ってることらしい、と昴は答える。

島さんはいちじ昴の恋人だった。一回だけ、この部屋にも来たことがある。へえ、狭い部屋だね。こんなとこに女の子二人で暮らしてるの。そう言いながら島さんはじろじろと部屋の中を見まわした。あんな男の、どこがいいの。島さんが帰ったあとで昴に聞いたら、足が太いのがいいの、と昴は答えた。あたし、足とか腕の太い男が好きなの。

じきに昴は島さんと別れたけれど、別れると同時に店の手伝いを始めた。ふつう逆じゃないの、別れたら店の手伝いをやめる、みたいな。わたしが言うと、昴はじっとわたしを見つめながら、「公私混同はよくないんだよ、タマ」と言った。

あたしね、お金ためたいんだけど。たまらなくって。昴が言った。ためてどうするの。ニシノが聞く。通天閣のそばに住むの。昴は紅茶をすすりながら答えた。ニシノがいれてくれた紅茶だ。昴はいつも熱いミルクをたっぷり注いでから紅茶を飲む。

なんでまた、通天閣。ニシノも紅茶をすする。

「通天閣ってさ、昔はパリの凱旋門《がいせんもん》とエッフェル塔をくっつけたようなデザインだったんだよ」昴が説明する。この話は、昴の得意とする話だ。

「凱旋門の上に、エッフェル塔がのっかってるんだ」

すごいね、とニシノが感心する。すごかったんだよ、と昴が頷く。でも火事で焼けちゃった。今の通天閣は二代目。

「なんで通天閣のそばに住みたいの」ニシノは聞いた。

「だって、かっこいいじゃん」昴は答えた。

「東京タワーのそばだっていいのに」わたしが小さな声で言うと、昴は首を横に振った。

「東京タワーって、なんかさみしい」

そうかな。さみしいかな。ニシノは言う。さみしくないよ。わたしと二人で住めば、東京タワーのそばだってどこだって、さみしくなんかないよ。わたしも言う。声には出さずに。頭の中だけで。

ニシノは昴の恋人なの。これも声には出さずに、わたしは聞いてみる。ニシノも昴も、なんだかとらえどころがなくて、今までだったらどの男が昴の恋人なのか、すぐにわたしにはみわけがついたのに、ニシノにかぎってはさっぱりわからない。白黒つかなくて、困っちゃうよ。と、これは声に出してつぶやく。白も黒もおんなじようなもんだよ。ニシノが言う。通天閣にのぼるときには、まっ白いコート着て、まっ白いブーツはいていくんだ。昴がうたうような口ぶりで言う。昴って、まだ通天閣にのぼったこと、ないの。ニシノが聞く。ないよ。見たこともないし。昴が答える。早くお金がたまるといいね。ニシノは言う。僕が連れてってあげるよ、と次にニシノが言うかと思ったのに、言わなかった。ニシノは昴を見つめていた。昴もニシノを見つめていた。わたしだけが窓の外を見ていた。

胸が少し痛くて、たぶんわたしは何かに嫉妬《しっと》していたのだ、あのとき。でも、自分が何に嫉妬しているのか、わからなかった。雪が降りそうだった。ニシノのいれてくれた紅茶は、すっかり冷めてしまっていた。

抱きたい、とニシノが言ったのは、あの年の冬の中でもとりわけ寒い日だった。ニシノはめずらしく少し酔っていた。昴って、タマちゃんとできてるの。ニシノは聞いた。あの日も、昴はどこかにふらふらと出かけていたのだ。

ぶしつけなこと聞かないでよ。わたしがつんつん答えると、ニシノは、ごめん、と言った。それから静かに、タマちゃんを抱きたくなっちゃった、とつづけたのだ。

抱く、なんて言葉を使われたことは初めてだったので、わたしはどうしていいかわからなかった。男の子たちは、抱く、なんて言わない。もっと軽い言葉を使う。ちょっと、笑いたくなった。昴とは、何回か、はだかでくっついて、キスしたりからだをさわりあったりしたことはあった。もしかしてもっと女の子どうしのやりかたを知っていたら、昴と、からだも心も、の恋人になれたかもしれなかったけれど、うまく進まなかった。うまく進んでしまうと、こわいという気持ちも、わたしにはたしかにあった。昴はどうだったのだろう。

抱く、かあ、と言いながら笑うと、ニシノは腕の中にわたしをすっぽりとおさめた。頭を撫《な》でる。撫でられるのは、きもちいいな、とわたしは思った。どうして昴は撫でられることをきらうんだろう、とも思った。タマちゃんの髪はすべすべしてるね。昴の髪はふわふわしてるけど。ニシノが言った。お酒の匂いが上からふってくる。

そのまま床で、わたしたちはセックスをした。ニシノの腕は固かった。固くて、太かった。終わってから、わたしはかなしくなった。どうしてわたしとしたの。ニシノに聞いてみた。だってタマちゃん、僕のことすきでしょ。ニシノは答えた。かなしそうな声だった。わたしとおんなじようにかなしいんだな、このひとは。そんなふうにわたしは思った。

昴って、何してるときがいちばんしあわせなんだろう。ニシノはつぶやいた。昴は、何してるときもしあわせなんだよ。わたしは小さく答えた。でもほんとうはそうじゃないことを、わたしは知っていた。ここに今昴が入ってきたら、昴はふしあわせな気持ちになる。ものすごくふしあわせになる。

ニシノは昴と恋人なの。わたしは思いきって聞いてみた。僕はそう思ってるけど、昴がどう思ってるか、わからない。ニシノは答えた。ふうん、とわたしは言った。ニシノが頭をあげた。玄関の扉が開いたのだ。わたしはじっとしていた。ラグに強く耳を押しあてていた。息をのむ音がした。ニシノは立ち上がった。昴が後じさったらしく、玄関の扉に鈍くあたる音がした。すばる、とニシノは呼んだ。昴は何も答えなかった。そうじゃないんだ、とニシノは言った。なにが、そうじゃない、の。昴はかすれた声で聞いた。そうじゃないんだ。ニシノはもう一度、言った。玄関の扉が閉じる音がして、やがて階段をかんかんとおりる足音が高く響きわたった。わたしは目をつぶって、ただラグに耳を押しあてていた。

しばらくニシノは立ち尽くしていた。わたしの目のすぐ横にあるニシノのくるぶしからひざにかけてが、とりはだだっている。ニシノ、なにが、そうじゃない、の。頭の中でわたしもニシノに向かって聞いた。ニシノのあしをさわってみた。ニシノはゆっくりと腰をおとした。タマちゃん、とニシノはつぶやいた。うん、とわたしは答えた。タマちゃん。もう一度、ニシノは言った。うん。わたしも繰り返した。それから二人でゆるくだきしめあった。冷蔵庫が、ぶうん、と鳴った。

昴と一緒に住むきっかけになったのは、そういえば、この冷蔵庫だった。お古の大きな冷蔵庫、もらったんだけど、置く場所がないの。昴は言ったのだ。あのころ昴は、わたしたちが一緒に住んだ部屋よりもっと狭い、キッチンスペースもほとんどないような部屋に住んでいた。

わたしの持ってる冷蔵庫は、ちょうどこわれちゃったとこ。わたしが言ったので、そのまま二人して、新しい部屋を探すことになったのだ。いくつかの部屋を一緒に見に行ったけれど、昴はどの部屋のことも「いいねー」と言うばかりだった。日当たりだの収納だののことをぶつぶつ言うのは、わたしの役目だった。冷蔵庫とわずかばかりの身の回りのものを運びこんで、引っ越しはかんたんに終わった。昴もわたしも、貧乏なので、もちものが少なかったのだ。引っ越しそば、食べよう。昴は言って、近所のおそば屋で、昴はおかめそば、わたしは月見そばを食べた。

冷蔵庫を、昴は「ぞぞさん」と呼んでいた。ぞぞさんに足つっこむと、罰があたるかなあ、などと言いながら、よく足で冷蔵庫の扉を開けては、そのまま足先をつっこんでいた。わたしがいくら注意しても、やめなかった。ぞぞさんはうるさいひとだね、と言いながら、ぶうん、という音を真似《まね》したりした。

そういえば昴はテレビにも名前をつけていた。さよ子、と昴はテレビのことを呼んだ。さよ子って、働きもんだよね。いちにちじゅう光ってるし。そんなことを言いながら、昴はじっとさよ子の画面に見入っていた。砂の嵐《あらし》の時間になると、ますます見入った。あの砂の向こうに通天閣があるんだよ、きっと。そんなことを言いながら、昴はさよ子の前にすわりこんでいた。

ぞぞさんとか、さよ子とかいう名前を、わたしは口にできなかった。ばかみたい、と思っていたのだ。昴はほんとうにばかげていて、髪がやわらかくて、出歩くのが好きな子だった。

あのあと、しばらくして昴から電話があったので、わたしは昴の指定した駅のベンチまででかけた。あそこの駅の、いちばんはしっこのベンチの、すぐ横にある自動販売機で、コーヒーを買って待ってて。昴はそんなふうに指定したのだ。

指定どおりコーヒーを買って待っていたら、昴はホームを駆けてやってきた。どんな表情をしているかと思ったが、いつもと同じ表情をしていた。コーヒーをわたしの手からもぎとるようにすると、プルリングを立て、飲んだ。

「なんでブラックなの」昴はすぐに文句を言った。「にがいよ」

「昴が飲むと思わなかったから」わたしが言うと、昴は眉をしかめた。

「罪ほろぼし、とか、考えないの、タマは」

ごめん、とわたしは小さく言った。ほんとにごめんだよ、と昴は言った。

それからわたしたちはベンチに座ったまま、しばらくおしゃべりをした。「しま」に今も行ってるの。うん。ニシノが会いたがってるよ。電話があった、「しま」に。冷蔵庫、元気だよ。ぞぞさんのこと、大事にしたげてね。うん。鍵《かぎ》、こんど郵便受けに入れとくね。うん。ニシノ、結婚しようって電話で言ってた。え。何かんがえてるんだろうね、大人は。昴は笑った。あたしが結婚なんかできるわけないじゃないの。昴は言って、すっと立ち上がった。ニシノさ、パンツくらいはいてればよかったのに

ね。はだかで立ち尽くしてるニシノって、なんかまぬけでちょっと可愛《かわい》かった。昴は
つぶやいた。それから最後に小さく「ニシノォー」と言うと、すたすたとホームを歩
いていった。
わたしは昴のうしろ姿をいつまでも見送った。それが、昴に会った最後である。
通天閣に行くって言ってたよ。島さんはそう言った。通天閣に行くから、お金貸し
てくれって。それっきりだな。
「しま」に、わたしはニシノと一緒に行ったのだ。行きたくなんかない、と一度は断
ったのだけれど、ニシノが無理やり頼みこむので、仕方なくついていったのだ。島さ
んはカウンターの中でにんにくをいためながら、のんびりと喋《しゃべ》った。まったく女の子
って何考えてるんだかねえ。
「いくらくらい昴は借りたんですか。僕、払います」ニシノは早口で言った。
「なんであんたが払うの」島さんは、鯵《あじ》を軽くソテーしたものの上に、にんにくとデ
ィルをあしらいながら、不思議そうに聞いた。
「僕に責任があるんです」ニシノはきばった口調で言う。
「昴は、そんなことは言ってなかったけどな」島さんは「鯵のスペインふう」という

名のその料理を、わたしたちの前に置いた。

カウンターの奥の棚に、昴の手袋が置いてあるのが見えた。またじきに、ふらっと帰ってくるよ。通天閣、一度見てみれば、気がすむでしょ。島さんは言い、皿を洗いはじめた。鼻うたなんかうたっている。

ニシノとわたしは、「鯵のスペインふう」と「エスカルゴのスペインふう」と「マッシュルームソテー」を食べ、島さんが勧めてくれた牛の絵のラベルのスペイン産赤ワインをグラスに一杯ずつ飲んだ。昴はマッシュルームソテーがいちばんすきだったんだよ、とわたしが小声で言うと、ニシノは頷《うなず》いた。どうして昴に山ほどマッシュルームソテーをおごってやらなかったんだろう、おれ。

外に出ると、小雪がちらついていた。通天閣にはビリケン像があってさ。足の裏を撫《な》でてあげると、あらゆる願いをかなえてくれるんだよ。ニシノは前を向いたまま、言った。ビリケンて、あの頭のとがったひと？　わたしは聞いた。そうそう。昴がすきそうな。ニシノはゆっくりと答えた。

もういちど昴の髪を撫でたいな、とわたしは思った。ニシノはまだまっすぐ前を向いている。ニシノともう会うことはないんだろうな。次に思った。それから、通天閣のことを想像してみた。わたしも通天閣を見たことがない。にぎやかで、あかるくて、よく灯っているタワーを想像してみた。タワーのてっぺんで笑っている昴の姿も。

背のびをして、わたしはニシノの頰にキスをした。雪がうっすらと車のボンネットに積もりはじめていた。とうとう昴と二人で雪だるまを作ることはできなかったな、と思いながら、わたしはボンネットの上の雪にそっと触れてみた。

しんしん

私は「恋人」。ニシノくんは「いいお友達」。

そんなふうに私とニシノくんは言いあって笑ったものだった。

そうだ。ナウにとっては、私が「恋人」。そしてニシノくんは「いいお友達」なのである。

ナウは、三毛の猫だ。細身で、しなやかで、悠然とした猫。いつかの夏にはじめて、私の部屋のベランダにやってきた。

うちわを使いながら、私はラジオを聞いていたのだ。小さな音で、FENを聞いていた。二十年近く前、私が二十歳のころにはやった歌が流れていた。いっしょに口ずさみながら、私はうちわをぱたぱたとゆらしていた。

何かひらりとしたものがいると思った。網戸ごしにじっと見たら、猫だった。しばらく猫はベランダの中をぐるぐる歩いていたが、やがて洗濯機の上にちょこんと座った。じっと見る私を、見返す。

私はうちわを置いて、「にゃう」と声をかけてみた。猫は黙っていた。もう一回「にゃう」と言うと、猫は一声鳴いた。鳴き声は「なう」と聞こえた。

私は網戸を開けた。猫は逃げもせず、まっすぐに私の顔を眺めあげた。「おなかすいてるの」と聞くと、また「なう」と鳴いた。部屋に戻ってお皿の上に残っていた桃の種をもってきてベランダの床に置いたら、猫は洗濯機からすうっと飛びおりて、種を舐《な》めた。種のまわりにはまだ桃の果肉が残っていた。しばらく、猫は舐めていた。小さな舌が桃の種の上をおどる様子が、とてもきれいだった。桃の種は、皿の上に置いてあったときには小さく見えたのに、かぶさった猫の顔とくらべると、いやに大きく見えた。

しばらくすると猫はふたたび洗濯機に乗り、ベランダの手すりに移った。そこから下の地面まで、ひと飛びだった。猫が地面に届いた瞬間、ぽた、という柔らかい音がした。

「にゃう」と声をかけると、猫は振り向き、「なう」と答え、去った。

ベランダに残された桃の種のまわりに、蟻《あり》が集まりはじめていた。私はティッシュペーパーを使って桃の種をつかみ、ていねいにくるんだ。部屋に入って、ごみ箱の中にティッシュペーパーごと桃の種を投げ入れた。

あんたの名前は、ナウだね。去っていった猫に向かって、私は小さく言った。ラジオからは早口の英語のニュースが流れていた。蟬《せみ》の声が目の前にある公園の林のあたりから、わんわん響いていた。ナウ。私は少し大きな声で言ってみた。いい響きだった。ナウ。もう一度私は声に出して言った。それから、シャワーを浴びるために、浴室へと向かった。

ニシノくんとは、ナウが私の部屋に来るようになったあのころ、はじめて会話を交わしたのだ。ニシノくんは私の隣の部屋に住んでいた。二人ともこのマンションができたときに入居したから、隣どうしになってから五年以上たっていた。けれど頻繁に会話をかわすようになったのは、ナウが来はじめたころからだった。それまでは、廊下ですれちがっても、目をあわせないようにしながら会釈《えしゃく》するだけだった。

ベランダにナウ用の鯵《あじ》を用意しているとき、ニシノくんが声をかけてきたのだ。ナウのために、私は茶色い厚手の皿をおろすことにしたのだった。皿は、マンションから駅までの途中にある、鉢や猪口《ちょく》や茶碗《ちゃわん》がところ狭しと並べられている小さな骨《こっ》董《とう》屋で、いつかふと思いついて買ったものだ。鮒《ふな》だか鯉《こい》だかが二三匹、皿の端っこを泳いでいる柄である。骨董といっても、ふちが欠けているせいか、さほど高価ではなかった。よく洗って（店の中はちょっとほこりっぽかったので）、焼いた目刺しなんかを載せてみたりしていた。

「いい皿ですね」とニシノくんは地面から少し上がったところにあるベランダに立っている私を、見あげるようにして言ったのだ。

「はあ」と私は答えた。怪しんでいる顔であったにちがいない。

「猫の皿ですか」ニシノくんは私の表情には気づかないふうで、続けた。

「そうです」猫でなくてナウです、と言おうかとも思ったが、気安くナウという名前を教えたくない気持ちのほうが強かった。

そのままニシノくんは立ち止まって、見あげていた。私は手に持っていた皿をベランダの床に置いた。見あげているニシノくんの顔は、ナウにちょっと似ていた。どこか人をくったような、それでいて繊細な表情。三十もとっくに過ぎているだろうに、「ニシノくん」と、くんづけで呼びたくなるような、妙な若々しさが、ニシノくんにはあった。

やがてナウが「なう」と鳴きながらやってきた。煮つけた鯵をナウは熱心に食べた。ニシノくんのことはすっかり忘れて、私はナウに見入った。鯵をきれいに食べ尽くすと、ナウは手すりに飛び上がって、ぽたりと道に降りた。

ニシノくんが「にゃあ」と呼びかけた。ナウはニシノくんにすり寄っていった。ニシノくんに撫《な》でられて、ナウは半眼になって喉《のど》を鳴らした。

「人なつこい猫ですね」とニシノくんはナウを撫でながら、言った。

「ほんとうに」私は平静をよそおって答えたが、内心いまいましく思っていた。なんでこんなゆきずりの男なんかに喉を鳴らす。

「僕も餌《えさ》、やってみようかな」ナウによく似た人なつっこさで、ニシノくんが言った。

私は何も答えず、ただ薄くほほえんでみせた。それから皿を持ち、さっさと部屋に入っていった。ニシノくんは何か言いたそうに見あげていたが、私はぴしゃりとガラス戸を閉めた。

なんだかおっかない人だと思ったよ。後にニシノくんは述懐したが、実際あのときの私はおっかない気分だったのだ。それからわずか二ヵ月後に、ニシノくんの「恋人」みたいなものに自分がなるとは、そのときは想像だにしていなかった。


ナウが私のベランダにするっと入ってきたのと同じように、ニシノくんも私の部屋にするっと入ってきたのだ。

まさか「なう」とは鳴かなかったが、似たようなしなやかな様子で、ニシノくんは私の心の中に入ってきた。私はつい扉を開き、ニシノくんを迎え入れ、最初は桃の種ならぬピーナッツや柿の種なんかで迎えていたのだが、そのうちに気に入りの皿小鉢でもてなすようになったのだ。

「猫、毎日くるの」とニシノくんは聞いた。

「猫じゃなくて、ナウ」私が答えると、ニシノくんは笑った。

「僕はにゃあ公って呼んでた」

にゃあ公よりナウのほうが似合ってるね。そんなふうに言いながら、ニシノくんは私に軽いくちづけをした。そのあとニシノくんは座卓の下に置いてあるナウ用の厚手の皿を手に取った。

「いい焼き物だよね、これ」ニシノくんは皿をためつすがめつした。

「安かったのよ」

「ナウの皿にはもったいないな」

「私の恋人だから、ナウは」

「ナウが恋人か」ニシノくんは笑った。

「それなら僕はエリ子さんのなに」

「いいお友達、かな」

ニシノくんは笑って、こんどはさっきよりも深く、くちづけた。

「これでも、いいお友達かな」ニシノくんはやわらかな声で、聞いた。

「もちろん」私は答えて、にっこりとした。

「ほんとうにナウが一番なの」ニシノくんは、さも不満そうに言った。目は笑っていたけれど。

「私にはナウが一番、ナウにも私が一番」

「じゃあ、僕はエリ子さんにとってだけでなく、ナウにとっても、ただのいいお友達、なわけだ」

ニシノくんは大きくため息をついてみせた。それから顔をおおって泣きじゃくる真《ま》似《ね》をした。まあそう気を落としなさんな、と私が言うと、ニシノくんは顔をおおっていた指の間から目をのぞかせ、次の瞬間大きな笑い声をたてた。私も声をそろえて、笑った。

「エリ子さんって、ほんとにクールね」とニシノくんは裏声で言い、私を一度抱きしめた。それから私のからだをじゅうたんの上にそっと横たえ、世にもやさしいくちづけをした。

ナウ用の茶色い皿に、私が頭の上にさしのばした腕がときおり触れて、かたかたと音をたてた。ニシノくんのことを私は愛しかけていた。今にも愛してしまいそうだった。けれど、ニシノくんのことは愛さない。絶対に、愛さない。そう、私は決めていた。

私は一度結婚に失敗している。夫と私は深く愛しあっていたはずだった。けれど、だめになった。夫が悪いのでも、私が悪いのでも、なかった。ただ、だめだとわかってしまったのだ。ある日。唐突に。

それで臆病《おくびょう》になった、というわけでもない。以前よりもよくよく観察し、よくよく考えるようになったのかも、しれないけれど。よくよく観察しよくよく考えてしまうと、たいがいの恋愛に対して、ためらいの気持ちが生ずるものだ。

「どうして僕はエリ子さんの恋人になれないの」とニシノくんはしょっちゅう聞いた。だだっ子みたいに。三十五歳のだだっ子。私よりも五歳とししたのだだっ子。

「私はニシノくんに対して責任をもてないから」私はニシノくんの頰を撫でながら、答えた。

「なんでそんなに不遜《ふそん》なこと言うのかなあ」ニシノくんは憤然として言った。

「不遜」

「他人に対して自分が責任をとることができるっていう考えは不遜だ。えらそうだ」

なるほど、と私は頷《うなず》いた。なるほど。なるほど。頷いていると、ニシノくんはさらに憤然とした。感心してないで、早く僕の恋人になってくれよ。憤然とした口調で言いながら、しかしニシノくんの目は笑っていた。

ニシノくんが私にいくぶんかでも執着したのは、たぶん私がニシノくんに対して冷静だったからだ。私が冷静でなくなったとたんに、ニシノくんはするりと逃げだしてしまうにちがいなかった。そして、私だってそれは同じだ。ニシノくんと私は、同類。それが、よくよく観察し、よくよく考えたすえの私の結論だった。

「ナウのほうが、なんだか実《じつ》があるしな」私が言うと、ニシノくんはがっくりと首を垂れた。

「ゆきずりの猫のほうが、僕よりも信用できるってわけ」

「まあ、そういうことになるかな」

「僕って、そんなに軽く見えるのかなあ」

ニシノくんは、実際「軽い男」そのものに見えた。夜十時を過ぎたころから、ニシノくんの携帯電話はしばしば鳴った。相手はすべて女性だった。ニシノくんはどの女性にも、人なつっこくやさしげな様子で対応した。私のところに来るときは携帯の電源くらい切ったら、と言うと、エリ子さんが恋人になってくれたらそのときはね、とニシノくんは答えたものだった。

「ニシノくんって、なんだかまちがってる」と私が言うと、ニシノくんは真面目《まじめ》な顔で頷いた。

「僕がまちがってることは、僕が一番よく知っている」

いつも人をくったようなニシノくんが、あのときはひどく真剣に、言ったのだった。

「じゃあ、これからは正しい道をゆきなさい」私が言うと、ニシノくんは私の顔をみあげ、ため息をついた。

「どうして怖いの」

「正しい道へ踏みこむのは、怖い」ナウそっくりの表情で、ニシノくんは言った。

「だって、正しい人生を送ってしまいそうだから」

「正しい人生は、いやなの」

「いやなんじゃなくて、怖い」

ニシノくんは早口で言い、それから私の胸に顔をうずめた。胸が好きなんだ、おんなのひとの。いつもニシノくんは言っていた。胸に顔をうずめ、しばらくニシノくんはじっとしていた。携帯電話が鳴ったが、ニシノくんは出なかった。出なくていいの、と聞くと、出ない。出たくない。そうニシノくんは答えた。僕は、本気なのに。エリ子さんはいじわるだね。ニシノくんは胸に顔をうずめたまま、言った。私はナウの皿をぼんやりと眺めていた。ニシノくんを愛しかけているけれど、やっぱり愛せないなあ、と思っていた。愛するっていう言葉は、なんだか妙な言葉だなあ、とも思っていた。まるで、ナウの皿を買った骨董屋の店の中みたい。しんとしていて、ほこりっぽい。昔のよすがとなるものが、ごたごたと積み重なっている。ちょっとなつかしくて、かなしい。

ニシノくんは、私の胸の中で、静かに目を閉じていた。

ニシノくんが去ったのは、ナウが去るちょっと前だった。

「転勤なんだ」とニシノくんは、言った。

「そう」と私は答えた。落ちついた声で。

「エリ子さん、僕と、結婚しない」ニシノくんは、からだをはすかいにして、私と目をあわせない姿勢になりながら、言った。

ふふ、と私は笑った。笑ったきり、何も答えなかった。

ニシノくんはちらりと私を見たが、すぐに目をそらせた。ナウの皿に、ナウが食べ残した鰯《いわし》を焼いたものが残っていた。目をそらせてから、ニシノくんは鰯を凝視した。

「鰯、ほしいの」私は聞いてみた。

「ほしい」ニシノくんは低い声で答えた。

「僕はナウになりたい。そして鰯や鯵《あじ》や鯖《さば》を毎日エリ子さんからもらいたい」

　おどけた調子の声だった。私は笑い声をたてた。しかし次の瞬間には、笑いやめた。ニシノくんの目が笑っていないことに、気がついてしまったから。

「もしかして、ちょっと、本気」私が聞くと、ニシノくんは目を伏せた。

「よくわからないんだ」ニシノくんは答えた。

「僕は、これまでそういうことにならないように、気をつけてきたから」

　気をつけてきた、というニシノくんの言葉に、私は笑った。こんどはニシノくんも笑った。私はそろそろとニシノくんから身を離した。今ニシノくんに近づいてはいけない。本能が私にそう警告していた。今ニシノくんに近づくと、そのままほんとうにニシノくんを愛してしまう。そして、もしかしたらニシノくんも、私のことをほんとうに愛してしまうかもしれない。

　そっと私はナウの皿を流しに持っていった。残った鰯を三角コーナーの中にあけ、皿を洗いはじめた。ニシノくんの視線が感じられた。流しの前に立つ私の肩のあたりに、痛いほど、感じられた。恋人はナウだけ。ナウだけ。そう念じながら、私は水を使った。

「エリ子さん」ニシノくんが言った。

「なに」私はニシノくんに背を向けたまま、軽い調子で答えた。

「エリ子さん」もう一度、ニシノくんは言った。私は振り返らなかった。ナウの皿はもうぴかぴかになっていたが、私は皿をすすぎつづけた。

「電話、するよ」ニシノくんは言った。

「毎晩、するよ」

そうね、と私は答えた。ニシノくんに背を向けたまま。

そしてニシノくんは、去っていった。

ニシノくんが部屋を出ていってからも、私はナウの皿を洗いつづけた。皿はつややかに見えた。ふだんは古くて乾《から》びた皿なのに、水に濡《ぬ》れてきれいに光っていた。やりすごすことができた、と私は思った。上手に、やりすごせた。決して愛さず。愛さなかったから、傷つけることもなく。傷つくこともなく。

私はゆっくりとお風呂《ふろ》に入り、マニキュアを塗り、ていねいにパックをした。心が波だっているかどうか、何回も自分に問うてみたが、たっているのは、さざ波くらいのものだった。

ベッドに入り、目を閉じて、眠りにつこうとした。なかなか眠りはやってこなかった。ナウのことを考えた。明日はナウのためにまぐろの刺身をふんぱつしようと思った。

思ったとたんに、波がやってきた。大きな、波がやってきた。ニシノくんが恋しかった。愛しているのではない。私は歯をくいしばりながら、思おうとした。愛なんかじゃない。ちょっと、なじんだのが、いけなかっただけ。そう思おうとした。

やがてゆるやかに眠りがやってきた。そういえば今晩はニシノくんの携帯電話が鳴らなかった。いつもくる、女の子たちからの電話が、一回もなかった。

電源を、切っていたにちがいないと、眠りに入る直前に、私は気がついた。気がついてからすぐに、私は深い眠りに落ちていった。ニシノくんはすでに本気になっていたのかもしれないと、おそれながら。

そしていつ、ナウは去ったのだろう。

最後にナウに会ったのは、たしか、大晦日《おおみそか》だっただろうか。昆布巻きにした余りの鮭《さけ》を、ナウはおいしそうにたいらげていた。「ナウ」と声をかけると、「なう」と答えた。いつもどおりだった。

けれど翌日から、ナウは姿を見せなくなった。お正月だから休みをとったのかしら、と笑っているうちはよかったが、一週間たっても一ヵ月たっても、音沙汰《おとさた》がなかった。

ニシノくんが去ってから三ヵ月ほどがたち、ちょうどニシノくんからの電話も遠のきはじめていた。その同じころ、ナウも姿を見せなくなったのだった。

恋人にも、いいお友達にも、去られたね。冬の日が差すベランダに出て、ときどき私はひとりごとをつぶやいた。ナウがいなくて、淋《さび》しかった。「ナウがいなくて、淋しい」と、つづけて言ってもみた。ニシノくんがいなくて淋しい、とは口にしなかった。むろん。

ナウの皿はよく洗って、食器棚の下の段にしまった。ナウでない猫がベランダにやってくることもあったが、餌《えさ》をやることはもうなかった。ときおり、ニシノくんの飄々《ひょうひょう》とした、それでいてデリケートな口調や表情を、あざやかに思いだした。

ニシノくんは何が怖かったのだろう。そして私も、何が怖くてニシノくんを愛さなかったのだろう。あのときはすべてがはっきりとわかっているような気がしていたが、今になってみると、何もかもが曖昧《あいまい》だ。ナウのしなやかな身のこなしも、うまく思いだせない。

ニシノくんは、今でもどこかの遠い土地で、誰かを本気で好きにならないように気をつけているんだろうか。人好きのする口調で、たくさんの女の子たちと会話をかわしたり、たまには口説いたり、しているのだろうか。

鰯でも鯵でも鯖でも、毎日あげればよかった。そんなふうに思う瞬間が、ときどき、ある。しかしにしあわせに暮らせばよかった。ニシノくんに。そして、死ぬまで共瞬間は、すぐに過ぎ去る。ただナウがいないのが、私は淋しいのだ。しんしんと、淋しいのだ。ナウ、と私はよびかける。それから小さな声で、ニシノくん、とも。

ベランダには、冬の日が差しているばかりだ。

まりも

ニシノくんとは「省エネ料理の会」で知り合った。「省エネ料理の会」は、月に二回近所のヤマモト先生の家で開かれている。文字どおり省エネルギーを目的とした料理講習会である。

「省エネ料理の会・無駄をなくした楽しい料理で月三万円の倹約を!」という謳《うた》い文句を市民だよりで読んだのが、会に通いはじめた動機である。これは買いね、とつぶやきながら、私は庭の草むしりをその日の午前中いっぱい行った。専業主婦という職種のおおかたの者がそうであると思うが、私は倹約という言葉が好きだ。

倹約。値段にみあった。お得。こういった言葉は、私をうっとりとさせる。高度成長といわれていた時代も、バブルといわれていた時代も、その後に続く不況といわれる時代も、私はいつだってこういった言葉を愛してきた。お金を使わないというのではない。敷地二十五坪建物三十七坪の車庫つき建て売り二階建家屋は、三十年ローンで購入した。二人いる娘も大学に行かせた。その子たちの結婚披露宴も、きちんと着席表のある類《たぐい》の形式で行った。先祖代々の墓が飛行機に乗らなければ行けない場所にあるので、車で一時間ほどの巨大霊園に新しい墓を作り分骨をしてもらった。身軽に墓に行くことができるよう（夫の趣味は墓参りである。少なくともこの数年ほどはそうだ。娘たちが成人するまではアウトドアが趣味だったはずなのだが）、二十三年乗りつづけた白いサニーを下取りに出して赤いマーチ（私は赤い車になど乗りたくなかったのだが、夫がどうしてもと言い張った。三十年以上共に暮らしてきたが、夫が赤い車を望もうとは予想だにしなかった。人生はかくのごとく予測不能である。夫の好む車の色に対してさえそうなのだ。いわんやニシノくんとのことについてをや）を買った。

草むしりを終えて門にもたれかかりながら豊かなる自己満足をもって庭をみまわしている私に、三軒隣のコバヤシさんが声をかけてきた。コバヤシさんという人は、私が庭仕事をしていると必ず通りかかって「あらササキさんご精が出ますこと」と声をかけてくる。一日に数回近所をみまわり、目についた人間にいちいち声をかけているにちがいない。コバヤシさんの「みまわりコース」に、私の庭も入っているというわけだ。

「あらササキさんご精が出ますこと」

その日もコバヤシさんはいつもの言葉を口にした。私が出かける支度で門を出たときに出会えば「あらどちらまでいらっしゃるの」と言うだろうし、帰ってくるところならば「あらどちらまでいらしてたの」となることだろう。お茶のお作法みたいに決まった型があるのだ。

「貧弱な庭ですからね、せめて草くらい抜かないと」

私も作法にのっとって答えた。コバヤシさんはゴミ捨てのルールを若い独身の人が守らないこと、出生率の低下のこと、地球温暖化のことを話題にして、ちょうど七分と三十秒間、休みなく喋《しゃべ》った。コバヤシさんが何分間一人で喋り続けることができるか、このごろ私は記録にとっているのだ。最高は十三分二十五秒、最短は四十秒だった。四十秒の時は、突然の夕立に遮《さえぎ》られた。どんな人間も、大いなる自然には勝てないものとみえる。

コバヤシさんの最近の関心事は、三十を過ぎても結婚しない男女と、結婚しても子供をつくらない夫婦ものと、エコロジーにあるらしかった。結婚しない男女と、子供をつくらない夫婦は、非難の対象である。エコロジーは反対に称賛の的だが、エコロジーに関心のない者はとうぜん非難の対象となる。コバヤシさんは二元論的思考の持ち主らしい。デカルトあたりを若いころかじったことがあるのかもしれない。

「ゴミに鴉《からす》が来て困りますわよね」七分三十秒が過ぎた後の一瞬の沈黙の間に、私は言った。合いの手、という作法をこころえていないと、コバヤシさんが怒りを蓄積させるという事実を、私はここに住みはじめてからの二十五年の間に学んだ。問いかけには答えを。たとえそれがひどく不均衡なものであったとしても。人間関係とは、むろん数理的に割りきれるものではない。

コバヤシさんはしかしその日、ヤマモト先生の料理の会の情報をもたらしてくれたのである。結婚しない自由と子供をつくらない自由についての意見をちょっぴりでもほのめかさないで、よかった。ヤマモト先生の料理の会に空《あき》があるのだとコバヤシさんは教えてくれた。私は「省エネ料理の会」への申し込みを、その場でコバヤシさんに頼んだ。コバヤシさんが、会のメンバーのとりまとめ役をしているのであった。

ニシノくんは、妙齢の女性（と私は自分の世代の女性のことを勝手に呼んでいる。もともと妙という字が女・少という字からできているところから、少女ひいては若い娘のことを妙齢と呼ぶわけである。しかし妙という字には、1きわめて巧みなこと。2変なこと。3深遠な道理。という意味がある。このでんで行くと、妙な齢《よわい》という言葉には、少女よりもむしろ中年老年の女の方がさまざまな意味で該当するのではないかと、ある日思いついたのである）が大勢をしめる会員の中で、異彩をはなっていた。

ニシノくんはまず、なかなかの男前である。ニシノくんはまた、清潔である。ニシノくんはさらに、やさしく礼儀正しい。ニシノくんはおまけに、堅実な会社に勤めている。

妙齢の女性たちは、色めきたった。むろん私も例外ではない。なんというのだろう、そうだ、ニシノくんは私たちにとっての「お得」的な存在を、一身に体現していたのである。

「会社はどうなさっているの」ニシノくんの身上調査が一段落してから（初回の調理実習の合間に、妙齢の女性たちはさりげなく、またはあからさまに、ニシノくんに向けて多彩なる質問の矢をはなった）まっ先にコバヤシさんが聞いた。

「こんな昼ひなかに。会社を抜け出して来てらっしゃるの？」

このあきらかに無礼な質問にも、ニシノくんは礼儀正しく答えた。自分の勤務している商社での現在の自分の部署は、ヨーロッパ製の鍋《なべ》や釜《かま》をとり扱っていること。エコロジーの必要性が叫ばれている昨今、食材の無駄な使用や廃棄を避けるための鍋釜が求められていること。そのため、調理の現場に取材を行うべく自分が派遣されたこと。

コバヤシさんは最初ニシノくんの堅苦しい説明口調（後に、わざわざそういう口調を使っていたことをニシノくんはうちあけてくれた。営業的な手法の一種ですね。ニシノくんはさわやかに笑った）を疑わしそうに聞いていたが、「エコロジー」「無駄を避ける」あたりで表情がみるみる軟化し、以来ニシノくん贔屓《びいき》になった。ご贔屓にあずかると、コバヤシさんの「連続喋り続け」の儀式を毎回ほどこされる羽目におちいるが、ニシノくんはそれをも無難にこなした。「うかうか者は主婦道を渡っていけない」というのが私の持論であるが、会社員というものも、これでなかなか手腕を持っているものである。

ニシノくんは、うかうか者ではなかった。うかうかどころか「省エネ料理の会」に来はじめてから三回目くらいには、すべての妙齢の女性たちを味方につけていた。ニシノくんが教室に入ってくると、わらわらと妙齢の女性たちが駆け寄った。駆け寄らず横目で見ている女性たちも、ニシノくんが笑いかければその三倍の大きさ（妙齢の女性の笑顔は、物理的にいっても比喩《ひゆ》的にいっても、大きい）の笑顔を返した。

これは剣呑《けんのん》な、と私は最初思った。こんな、一匹のアザラシの雄が多くの雌を従えるような図は、見よいものとはいえないのではないか？　しかし次第に私は納得することとなる。一匹の雄アザラシにむらがる雌アザラシたちは、望んでそうしているのだ。雄アザラシに忍従しているわけではない。あきらかに、嬉々《きき》としてそうしているのだ。もしかすると雄アザラシ自身はむらがる雌アザラシの中で途方に暮れているのかもしれない。しかし一度勢いのついた雌アザラシたちを引き離すことは誰にもできない。当の雄アザラシにさえも。

私はだんだんに面白くなってきた。何かに打ち込んでいる女性は美しい。という煽《あお》り文句がしばしば女性雑誌に載っているが、たしかにニシノくんに打ちこんでいる妙齢の女性たちは、美しかった。コバヤシさんでさえ、もう三十歳過ぎて結婚しない男女の批判をしなくなった。ニシノくんは、三十七歳だったからである。三十七歳独身。市内に独り暮らし。魅惑の会社員。ニシノユキヒコ。

「あ、ササキサユリさん」と言うのが、ニシノくんの第一声だった。アートシアターで、上映が終わって明るくなった、その隣の席に、ニシノくんが座っていたのである。

映画を見終わったときのほどのよい幸福感に包まれたまま、私はぽかんとニシノくんを眺めた。早百合《さゆり》、という私の名前を知っていたことに、驚いていた。しかしその喜びを隠し、世情にたけた妙齢の女性の作法の型をふんで、「ニシノくん、こんなところで何してるの。会社は」と私はとっさに聞いていた。コバヤシさんのことを無礼だの何だの言えた義理ではない。

ニシノくんはしばらく迷っていたが、やがてひとこと、「さぼっちゃった」と言った。

ニシノくんは私に対しては、以前省エネ料理の会の女性たちにしたような説明口調でものを言ったりしなかった。後刻喫茶店でコーヒーを飲みながら、「サユリさんは他のおばさまがたとは違うと感じてたから」とニシノくんは言った。

「あなたは他の人とは違うから」というのは一般に殺し文句であるとされる。ものの本を読むと、そう書いてある。私はそんなものには引っかからん、とつねづね思っていた。しかし何せ「あなたは他の人とは云々《うんぬん》」というような内容の言葉を言われる機会もなかったから、果してほんとうに自分がその言葉に左右されないですむのか、確認できずにいた。

このとき私は、哀れ我も人の子、と思い知る。そのせりふを言われた瞬間、私はニシノくんのすべてを許していた。ニシノくんに対して私が許すべきことなど、それまで一つもなかったにもかかわらず。

ニシノくんの過去を、ニシノくんの現在を、ニシノくんの未来永劫《えいごう》を、私は許していたのだ。

私とニシノくんはお茶を飲みながら、今見た映画についての話をした。それから料理の会についての話をし、最後に好きな作家の話を、ほんの少しした。ニシノくんの好きな作家の中に私の好きな作家が一人と嫌いな作家が一人いた。お茶を飲みおわるころには、嫌いだった作家を、私はさほど嫌いではなくなっていた。ニシノくんは何回か私を「サユリさん」と呼んだ。

いつもそういうふうに、女性を名前で呼ぶの。私がそう聞くと、ニシノくんは「半々くらいかな」と答えた。半々、という言葉が一瞬私を刺した。サユリさんだけだよ、という言葉はさすがに期待しなかったが、ほとんどいないよ、くらいは言ってほしかった。刺されたことに、私は驚いた。

驚くことだらけの午後だった。ニシノくんのような、するりと女の気分の中にすべりこんでくる種類の男性がこの世に存在することに、驚いた。自分が無意識のうちに「魅惑の年上女性」の役を演じようとしていることに、驚いた。嫉妬《しっと》や執着というものが、どんなささいな感情を抱いた相手に対しても発動されるものであることに、驚いた。

ささいな感情？　はたしてほんとうにニシノくんに対する感情は、ささいなものだったのだろうか。今も私にはわからない。その時には、もっとわからなかった。

ニシノくんと私は、いつの間にか電話で話をするようになった。

思えば、ニシノくんとはほとんどが電話だった。午前中の、掃除洗濯をすべて終え、家の中が白っぽくなったように感じられる時間帯。夕飯の支度どき、頭の中の靄《もや》が僅《わず》かに濃さを増す時間帯。真夜中、ふと手洗いに起きて眠れなくなり、居間のソファに座って空《くう》を見据えている時間帯。そういうとき、ニシノくんは壁に開いた穴から覗《のぞ》きでもしているかのように、電話をかけてきた。このことが、私にとっては決定的だった。ニシノくんの電話のかけかたが、最終的には私にとってのニシノくんの存在を、「唯一無二《ゆいいいつ》」のものにした。

ニシノくんはきっと勘が発達していたのだ。夫が側《そば》にいたり、娘が孫を連れて遊びに来ていたりする時には、絶対にニシノくんから電話はかかってこなかった。たぶん、それを私が望んでいなかったからだろう。もし反対に私が夫の横でこっそりとニシノくんと会話することを望んでいたとしたら、ニシノくんはおそらくそういう時間に電話をくれたことだろうと思う。

女自身も知らない女の望みを、いつの間にか女の奥からすくいあげ、かなえてやる男。それがニシノくんだった。どれもなんでもないようなことだ。望む時間に電話をかける。望む頻度で電話をかける。望む語彙《ごい》で褒める。望む甘え方をする。望むように叱《しか》らせる。なんでもないことであるがゆえに、どんな男も上首尾には行えないこと。

それらのことを、ニシノくんはやすやすと行った。いやな男だ。男にとっても、女にとっても。

そうだ。人は出来すぎたものを、心のどこかで憎むものなのだ。ニシノくんはしばしば「今つきあっている女の子」の話をした。どこでデートしたか。何を食べたか。どうやって言い寄られたか（光に寄せられる虫のように、女の子たちはニシノくんに言い寄る。言い寄っていることを自分でも気づかぬ間に）。どんなセックスをしたか。どんなふうになじられたか。そして結局どんなふうにだめになっていったか。

ニシノくんと女の子たちのつきあいは、長くて半年、短くて二週間ほどしか続かないようだった。女の子たちがニシノくんと長つづきしないのは、ニシノくんが女の子に飽きるからではなかった。どの場合も、最終的には女の子がニシノくんを「捨てる」のだ。

だんだんに女の子はニシノくんをなじるようになる。「あたしをもっと愛して」「いつもうわのそらなんだから」「冷たい人」女の子たちの口から発せられるのは、必ずその類《たぐい》の言葉だった。思うに、女の子たちは、ニシノくんの完璧《かんぺき》さを心のどこかで憎んでいたのだ。つるつるとした、つかまえどころのない、完璧さ。

「冷静さをかなぐり捨てて人を愛するってことを、あなたはしないの」いつか私はニシノくんに聞いたことがある。

「サユリさんは、今までにそういうふうに人を愛したことは、あるの」反対にニシノくんに聞き返された。低い声だった。ぞくぞくした。ニシノくんと電話している最中にぞくぞくしたことはほとんどなかったが、電話がかかってくる直前にぞくぞくすることは、よくあった。ニシノくんの勘が冴《さ》えていたと私は言ったろうか？　あの期間、私の勘も妙に冴えわたっていた。

「あるわよ」私はしばらく考えてから、答えた。その時誰のことを私は思い浮かべていたのだろうか。誰かの顔が、うっすらと浮かぼうとしていた。しかしはっきりとした像は結ばなかった。誰だろう、と私はいぶかった。そこに、その像はたしかにあった。焦点を結ばぬまま、しかしたしかに、あった。それがニシノくんの像でなかったと、誰に言えるだろう。そうかもしれない。そうではないかもしれない。誰にも、私自身にも、わからぬことだ。

ニシノくんからの電話は、ある時からぷっつりと絶えた。

ニシノくんと電話を続けていた間も、私は倹約・値段にみあった・お得の精神を捨てていなかった。これはこれそれはそれ、という能力を、人間なかんずく主婦は豊富に持っているものだ。コバヤシさんとの儀式も引きつづき行っていたし、庭の草むしりも欠かさなかった。省エネ料理の会でも皆勤をほこった。大根の皮のきんぴらやらキャベツの外側の葉の中華風炒《いた》めものやらをちゃくちゃくと作っては食卓に載せ、娘二人にもレシピをファックスしてやったりした。作ったかどうかは知らないが。

ニシノくんから電話がないな、と気がついたのは、電話が来なくなってから一週間後だった。ほんとうはもっと前から体がそれを知っていたのだが、頭が認めようとしなかった。料理の会にもニシノくんは欠席し（ニシノくんも私と同じく皆勤だった。それは私を内心でどんなにか喜ばせたことだったろう）、会員たちはてんでにそのことを悲しんだ。

ニシノくんが退会したことを、その次の回に皆は知ることになる。私もそこではじめてニシノくんの退会のことを知る。ニシノくんからの電話は、電話がこないことに気づいて以来、一回もなかった。

最後にニシノくんが話したことは、どんなことだったろう。ささいなことだ。昔飼っていた犬のこと。今つきあっている女の子の使っている香水の香《か》のこと。夜の海はどんな音を響かせるか。そんなようなことをニシノくんは話したにちがいない。いつだって、そうだった。いつだって、肝心なことは一つも話さなかった。でも、肝心なことなんて、この世の中にそうそうあるものではない。もしかしたら、肝心なことなんて一つもないのかもしれない。

ニシノくんのことを思い、私は三ヵ月苦しんだ。むろんその間も料理の会は皆勤したし、草むしりもご近所づきあいもきちんとこなした。倹約お得値段にみあった精神にのっとった生活を続けながら、私はつねにニシノくんの低く甘い声を思った。

苦しかった三ヵ月が終わろうとするころに、私は商店街の中ほどにあるペットショップの前にぼんやりと佇《たたず》んだ。ニシノくんの飼っていた犬はどんな犬だったのだろう、などということは私は思わない。ただ漠然と犬を見るばかりだ。妙齢の女性というものは、世間が考えるよりもよほどものごとを抽象化して考えるものなのだ。

店の中には、熱帯魚や金魚の水槽も並んでいた。私は頭を空白にしたまま店の中に踏み入った。上の娘がミドリガメをこの店で買ったことを思い出した。ドリーと名付けられたミドリガメは、長く生きた。店のグッピーの水槽の隣に、まりもの水槽があった。小さいのから大きいのまで、いくつものまりもが沈んでいた。私は手をのばして、水面に触れた。まりもは、大も小も、みなしんとしていた。まりもは湖の底でだんだんと大きくなっていきます。下の娘が、そういう作文を書いたことがあった。まりもは、さびしくないんでしょうか。作文はそんなふうに続いた。

まりもは、さびしくないんでしょうか。何回か頭の中で繰り返しながら、わたしはまりもを見つめた。まりもはニシノくんによく似ていた。なぜだか、そう思った。一瞬、ニシノくんへの思いのよすがに、まりもを買って帰り、リビングのよく日の差すサイドボードの上に置こうかとも思ったが、やめた。妙齢の女性というものは、世間が考えるよりもよほどハードボイルドな精神に偏しているものなのだ。

まりもを見つめながら、私はニシノくんの声の響きを、思った。ニシノくんの身勝手さを、思った。ニシノくんのかわいさを、思った。ニシノくんにかんして思い出せるすべてのことを、思った。そして最後にニシノくんのすべてを許したあの刹那《せつな》のことを、思った。しまいまで、気のすむまで、私は思った。

思い終わったとき、苦しい時間が終わったことを私は知った。ニシノくんのことは、いい思い出だ。そんなふうに感じた。でもそれが嘘《うそ》であることも知っていた。

それならば、ニシノくんのことをいい思い出にだけはすまい。そう私は思いなおした。

今から十年たって、まだ私が生きていたら、まりもを買おう。ガラスの小さな鉢に入れて、日当たりのいい場所に置こう。

商店街に灯がともりはじめた。日が暮れようとしていた。あと十年私は生きるだろうか。十年後にニシノくんの声を思い出せるだろうか。

ニシノくんさよなら、と小さく言って、私はまりもの水槽に手を振った。店を出ると、商店街のどの店もあかるく灯っていた。夕刻の街のにぎわいの中に、私はまぎれこんだ。

ぶどう

西野さんは、すぐにため息をつく。

「あと三千万年するとさ、このへんは、アンドロメダ星雲とひっついちゃうんだよな」なんて言いながら、ため息をつく。

「このへんて、いったいどのへんのこと」とあたしが聞くと、西野さんはさらに深いため息をついて、

「このへんて、まあ、地球とか太陽とか冥王星《めいおうせい》とかもうちょっと遠くのいろんな星とかふくめたあたり」と答えた。

「このへん、と、アンドロメダとがくっつくと、その、何か不都合でもあるの」

「もう明るくてさ。なにしろ夜が暗くならない」

西野さんの顔を見ると、眉《まゆ》を寄せて、真剣な様子である。

「夜が暗くないって、いいと思うよ」あたしが小さな声で言うと、西野さんは首を横に振った。

「暗闇《くらやみ》のない世界なんて、僕には考えられない」

西野さんは言いながら、あたしの髪をひっぱった。それが愛情表現の一種だと思っ

ているらしい。髪なんかひっぱられても、あたしはぜんぜん嬉《うれ》しくない。

アンドロメダのへんは恒星が多くて、どうやっても夜が来ないのだと西野さんは説明した。いちにちじゅう、昼間。光に満ちて。陰影、なし。西野さんは言いながら、またため息をついた。

「それじゃあ、曇った日も、なくなっちゃうの」あたしは聞いた。

「曇った日は、まあ、あるだろう」

「雨の日は」

「雨も、たぶん、降るだろうね」

それならいいや。あたしは言った。雨の日が、あたしは好きだ。そして、曇りの日は、もっと好きだ。でも、西野さんに初めて会ったのは、かんかん照りの日だった。

夏の終り。江ノ島。あたしは親戚《しんせき》の経営している海の家で、アルバイトをしていた。毎週、土曜日と日曜日のまるまる二日間。海の家が開かれる七月の初めから、店じまいする九月初旬まで、毎週あたしは欠かさず江ノ島に通った。その年の春にせっかく第一志望の大学に合格したにもかかわらず、しばらく通ってからはふっといやになって、めったに大学には顔を出さずにふらふらと適当な生活を送っていたので退屈していたせいもあったけれど、もともとあたしは海の家が好きなのだ。中学生の頃から、毎年あたしはここにアルバイトに通っていた。

西野さんは、女連れだった。髪の長い、とてもスタイルのいい、三十ちょっと過ぎくらいの女のひとだった。西野さんは五十代のなかばだから、ずいぶん年下の女ということになるわけだが、なかみはともかく外見は西野さんは若いので、そう年の差のあるカップルには見えなかった。

江ノ島に来て水着に着がえると、服を着ていたときどれほどシックだった男女も、いっぺんにサザエの壺焼《つぼや》きやみやげもの屋の貝細工のキーホルダーが似合う、「土着のニッポンのヒト」になってしまう。江ノ島とは、そういう場所なのである。

でも、西野さんの連れていた女のひとは、ちょっと違った。細いあしくびには、金色のアンクレットをつけていた。ペディキュアは、深い海の色だった。姿はニッポンのヒトだったけれど、そのたたずまいが、江ノ島からは遠く離れた場所を思わせた。たとえば、海岸には人っこひとりいない、名も知らぬ、南の島とか。幽《くら》い森が海際《うみぎわ》までせまっている、白砂の海岸とか。

「あの子はね、いつも空中に浮遊してるような子だったから。どこにも属してない、って感じのさ」後日あたしがその女のひとについての感想を述べると、西野さんはそう答えた。

「どうして、あんなに素敵なひとだったのに、別れちゃったの」あたしが聞くと、西野さんはふくみ笑いをした。

「だって、愛のこと、好きになっちゃったんだもの」

「次の女を好きになったら、西野さんて、すぐに前の女と別れるの」あたしが大きな声で聞くと、西野さんは目を丸くした。まじまじとあたしの顔を見つめる。若いのに古風なのね、という目である。

「すぐには別れない」しばらくたってから、西野さんは答えた。

「じゃあ、ふたまたかけるの」

「僕はかけたいけど、女の子がたいがい許してくれない」

「で、どうするの」

「最終的には、ふられる。両方から」

ふたまたをかけていることが何かの拍子でばれて、ごたごたするのが、二週間。気の強い方（たまには気の弱い方）の女の子が、決然と去るのが、一ヵ月後。残った方の女の子がにこやかにしている期間が、平均三ヵ月。勝利の興奮が去り、過去の西野さんのあれこれを冷静にかえりみだした女の子が、西野さんに向かってふたまたをかけていたことをぼちぼちなじり始めるのが、四ヵ月め。ふたまたのことだけじゃなく、西野さん自身の煮え切らない性格と根強い浮気ごころを本格的に責められ始めるのが、五ヵ月め。わたし、もうあなたのことが信頼できないみたい。まだあなたのことは好きだけれど、苦しいから。そう言って、残った方の女の子が去るのが、六ヵ月め。

約半年かけて、「最終的結論」が出されるのだと、西野さんは笑った。物理法則みたいな感じだよ。どうして女の子たちって、痩《や》せてる子もぽっちゃりした子も性格がゆるい子もきつい子も美人の子も個性的な顔の子も魚の好きな子も血のしたたるようなステーキばっかり食べたがる子も、最後は結局公式にのっとったような同じ反応をするんだろうか。西野さんは首をかしげた。

五十のなかばにもなって、あたしと同年代の十代の男の子たちみたいに、女の子のことばかり考えている西野さんに対してこそ、あたしは首をかしげたかった。

「ほんとうに、女の子っていうものが、みんなおんなじようなものだと、西野さんは思ってるの」あたしは聞いた。

「ちがうのかなあ」西野さんはのんびりと答えた。

「僕が知ってる女の子たちは、少なくとも、みんなおんなじだったなあ、最後のところは」

西野さんとつきあうような女の子たちは、じゃあ、みんなつまらない女の子なんでしょ、とあたしは一瞬思ったが、それでは西野さんとつきあった、顔も知らぬ女の子たちに悪い気がした。「つまらない女の子」なんて、探そうとしても、めったにいるものではない。少なくとも、「つまらない男の子」よりはずっと希少なはずだ。なんていうことを口に出すと、西野さんに「愛は、なんかこう、妙に杓子定規《しゃくしじょうぎ》だね。もしかして、女性上位論者?」とかなんとか、ばかにされるだろうから、何も言わなかったけれど。

「怒ってるの」と西野さんは聞いた。あたしがじっと黙っていたから。

「愛だけは、ちがうよ、たぶん」と西野さんは続けた。

君だけはちがう、っていうのは、常套句《じょうとうく》だよね。そうあたしは思った。結婚詐欺師《さぎし》みたいな男だな、西野さんてひとは。

「愛ってさ、今まで僕が知ってた女の子たちと、何かがちがうんだよな」西野さんはにっこりしてから、あたしにキスした。あたしは目を開けたまま、じっとキスされていた。

ほかの女の子たちと、あたしがちがうのは、きっとあたしが西野さんのことをぜんぜん恋しく思っていないからだ。そもそもあたしは西野さんだけでなく、男の子というものを恋しく思ったことが、まだ一度もない。男の子とお酒を飲んだり映画を見にいったり話をしたりするのは、ふつうに好きだけれど、その中の誰かを特別に好きになったり忘れられなくなったりしたことが、ほんとうに、ないのだ。もう十八歳だというのに。

そう。西野さんとは、海の家で知りあったのだ。髪の短いスタイルのいい女のひとを連れてきた、その次の週に、ふたたび西野さんはやってきた。こんどは、一人きりで。

「このへんに、いいバーはありますか」というのが、西野さんがあたしに話しかけた言葉である。場ちがいなおじさんだなあ、とあたしは思った。

「少し歩いた、駅と反対の方は、どうでしょう」あたしはそれでも真面目《まじめ》に答えた。

「ここ、あがるの、何時ごろ」西野さんは重ねて、聞いた。

あたしは黙った。よく知らないひとに、そんなことを教える義務はなかった。そのまま奥にひっこもうとくるりと体を反転させると、西野さんはあたしの肩ごしに、ごめんなさい、と言った。ごめんなさい、ぶしつけなこと聞いて。西野さんは柔らかな声で、そう言った。

さすが年の功だと思った、と、のちに西野さんに言うと、西野さんは頷《うなず》いた。年がいくと、礼儀、とか、道理、とかいうものが、ただのたてまえのためのものじゃない、ってことがよくよくわかってくるんだなあ。そのうえ、よっぽど礼儀をつくしたとしても、人間関係は、すぐに壊れちゃうしね。ほんと、難しいものなんだよね、人間て。そう西野さんは言った。ため息をつきながら。

果して西野さん自身がそれほど人（おもに女の子たち）に対して、礼儀をつくしているのか、人（おもに女の子たち）に対して、道理を通しているのかは、はなはだ疑問である。あたしは西野さんから「礼儀をつくして」もらったこともないし、「道理の通った」行動を見せてもらったこともない。たぶん。

「恋人が、できたでしょ」と、菊美ちゃんに言われたのは、西野さんと会うようになってしばらくしてからのことだった。

「べつに」とあたしが答えると、菊美ちゃんはじいっとあたしのくびすじのあたりを眺めた。

「じゃあ、どうしてこのごろあんまり部屋にいないの。どうして『僕です』とだけ言って名をなのらない男から、よく電話がくるの。どうして愛がふだんつけない種類のコロンの匂《にお》いを、時々させてるの」菊美ちゃんは、ひといきに言った。男の子の浮気をとがめる女の子みたいだね、とあたしが感想を述べると、菊美ちゃんは目を細めた。

「男の子って、どう」菊美ちゃんは、あたしの顔をのぞきこみながら、聞いた。

「べつに」

「どんな子なの。車とかバイクとかには、乗るの」

「たぶん、乗らない」

「やさしいの」

「うーん、まあ」

「いつもどんなデートするの」

「部屋に行くことが多いかな」

「どこに住んでるの、その子」

「台東区」

ふうん、と菊美ちゃんは言った。なんかしぶい男の子だね。生活、って感じ？　そう言いながら、ほうじ茶をすすった。

菊美ちゃんとは、入学式の時に知りあった。隣の席に座っていたのだ。同じ学科の、菊美ちゃんは「笠原《かさはら》」、あたしは「加瀬」という名字だったので。

菊美ちゃんも、あんまり大学には行っていない。自宅から通っているので、しょっちゅうあたしの部屋にやってくる。家にいるとね、親がうるさくて。大学に行くふりさえしてれば、安心するんだ。愛の部屋でひきこもってることも知らずにさ。菊美ちゃんはまたほうじ茶をすする。

　菊美ちゃんは、レズビアンだ。まだレズビアンな自分を自分で認めてあげてから、半年もたってないから、ちゃんとした恋人はいないんだけどさ。二回目にあたしの部屋に遊びに来た時に、菊美ちゃんはたんたんとそういう話をした。もしかして、愛もレズビアンなのかもしれないと思って。うちあけてみることにしたんだ。菊美ちゃんは続けた。

　ちがうんだな。あたし、男の子を好きになったことはないけど、女の子のことも好きになったことはないの。だから、自分がホモセクシュアルなのか、ヘテロセクシュアルなのか、まだ判断はつかないんだけど、たぶん、ヘテロセクシュアルなんだと思う。根拠はないけど。

　考え考えあたしが言うと、菊美ちゃんは笑った。愛って、なんか、厳密。勉強とか、できるでしょ。

　できるよ。あたし、勉強好きだし。一回だけオール五っていうの、とったこと、ある。そう言うと、菊美ちゃんは、おっ、と小さく叫んだ。すげえ。体育とか音楽とかも、できたんだ。

オール五をとったのは、中一の一学期だった。音楽は実技のテストがなくて、体育は一学期じゅう卓球だった。あたしは音痴で、運動神経もにぶいんだけれど、卓球だけはうまいのだ。江ノ島の海の家を経営している親戚の家の本業は小さな旅館で、ぼろっちい卓球台がそなえてあった。小学校のころから、あたしは年上の従兄たち相手に、卓球をやりこんだのである。オール五は、むろんそれ以来とったことがない。

ともかく、その男の子とちゃんと向き合うんだよ。菊美ちゃんは真面目くさった顔で、言った。愛は、人と向き合っているようで、ほとんどあさっての方を向いてるからね。いかにも「あたし、あなたのこと、見てます」っていう顔しながらさ。

わかった。できるだけ、ちゃんと向き合う。あたしは菊美ちゃんに約束した。菊美ちゃんが想像している「男の子」と、西野さんとは、ずいぶんかけはなれたものなんだろうけれど、と思いながら。

菊美ちゃんとのやりとりを西野さんに話したら、西野さんは喜んだ。あたしが予想したよりも、よっぽど喜んだ。

「あのねえ、このごろ、どうしたのかな、僕は」西野さんが言う。

あたしたちは、西野さんのベッドの中にいた。あたしたちは、体があっている、そうだ。西野さんがそう言うので、たぶんまちがいはないだろう。あれだけたくさんの女の子とセックスしてきたけど、愛がいちばん、いい。西野さんは言う。いちばんいい、っていう言葉を僕がよく使うと思ったら、おおまちがいだよ。いちばん、なんて言ったが最後、女の子たちは、それまでの僕のたくさんの女の子たちの存在を意識しはじめてしまうからね。そんな恐ろしいことは、めったに言えるもんじゃあない。西野さんは、自慢してるんだか卑下してるんだかわからないようなことを言った。

ふうん、とあたしは答える。西野さんとのセックスがいいんだかよくないんだか普通なんだか、あたしには見当がつかなかった。セックスをしたことがなかったわけではないけれど、いいだのよくないだの判断できるほどの数のサンプルが、なかった。

「愛は、僕のこと、好きなのかな」西野さんは、あたしの喉《のど》にくちびるをのせながら、聞いた。

「好きだよ」間髪をいれず、あたしは答えた。考えはじめると、ぼんやりしてしまうから。セックスをしている最中に曖昧《あいまい》な言動をとってはいけないことを、あたしは西野さんから学んだ。あのね愛、僕くらいの年になるとね、勢いってものがとても大切になってくるんだよ。いつか西野さんが説明してくれた。

勢いがそがれると、もうそれで、おしまい。ぱっくりと大地にあいた地割れにのみこまれるように、すべて、おじゃんになっちゃう。もう復活しないの。

西野さんが何のことを言っているんだか、最初あたしにはわからなかった。だって、十代か二十代はじめの男の子しか、あたしは知らなかったのだもの。西野さんの言っているのが、勃起《ぼっき》のことだということに、あたしは話がずいぶん進んでから、ようやく気づいた。男の子はいつでも勃起できるんだ、できるどころかしたくなくてもしちゃうんだ、と思いこんでいたあたしは、意表をつかれた。

西野さんて、正直なんだね。あたしは少し感動して、言った。正直と礼儀と道理は、大切なことだからね。西野さんはいつもの持論を口にした。なぜ西野さんがあたしなんかをかまうんだか、あたしにはよくわからない。西野さんのような大人が、あたしのような未分化な生物の、どこに気を引かれるのか。未分化だから、かえって、いいのかな。いつかあたしがつぶやいたら、西野さんは少し考えてから、首を横に振った。愛はどんな大人の女よりも成熟していて、そのうえ、どんな清潔な少女よりもきよらかだよ。西野さんは言った。よくそんな恥ずかしい言葉、考えつくね。あたしがびっくりして言うと、西野さんはあたしを抱きしめた。しばらく西野さんはあたしを強く抱きしめていた。

何かのお話を、西野さんはあたしの上に見ているんじゃないかと、あたしはいつも疑っている。ほんとうのあたしとは違う、でも西野さんにとってはきもちのいい、お話。

僕はそれほど夢見る男じゃないよ、と西野さんは言うだろうか。だから、この年になるまで誰とも結婚しなかったし、結局は痛切で激しい恋愛、とかいうやつもできなかった。そんなふうに言うだろうか。でもやっぱり西野さんは夢を見ているみたいにみえる。何の夢だかは、知らないけれど。

西野さんとあたしは、午後じゅうベッドの中にいた。西野さんは会社から抜け出して、あたしと会っているのだ。夜になるまで待てない、と西野さんはこのごろよく言う。愛の顔を見たくて。愛の息を頬に感じたくて。愛の声を直接この耳で聞きたくて。西野さんはあたしの耳もとでささやく。僕は、どうかしちゃったのかしらん。西野さんはつづける。愛は、僕のこと、好きなのかな。さっきと同じことを聞く。好きだよ。あたしも同じように即座に答える。西野さんは眉《まゆ》をしかめた。それから、しばらく動いたあとに射精した。あたしのおなかの上に、上手に射精した。コンドームを使ってよ、とあたしは言うのだけれど、西野さんは使ってくれない。そのかわり、排卵日近くには、絶対にセックスしないよ。西野さんは言う。実際、その時期には西野さんは決してセックスをしようとはしない。

「それって、あぶないよ」と菊美ちゃんが言った。最近の西野さんの、あたしへの執着ぶりをちらりと喋《しゃべ》ったのだ。

「すぐにリストラされちゃうよ、そんなに会社さぼってたら」

小さな会社だけれど、自分が社長みたいだから、リストラはされないんじゃないの。あたしがあやふやな口調で答えると、菊美ちゃんは目をむいた。

「何者、そいつ」

菊美ちゃんに根掘り葉掘り聞かれて、最後には菊美ちゃんと西野さんを引き合わせる約束をさせられてしまった。あたしは気が重かった。西野さんと二人で会っているかぎりは、西野さんとの関係は、ほんとうはそこにはないもの、掴《つか》もうとするとかげろうのように消えてしまうもの、と思うことができる。

はかない関係。それをあたしは気に入っていた。けれど、二人して誰かに会って、あたしたちが「カップル」であることを外から確認してしまうと、そのとたんにあたしと西野さんの関係は、ピンで壁にとめられた請求書みたいに、あやうくはあるけれど確かにそこにあるもの、いつかはツケを払わなければならないもの、になってしまうような気がした。

菊美ちゃんは約束の当日、ものすごく高いハイヒールをはいてきた。西野さんの背よりも、ハイヒールをはいた菊美ちゃんの背の方が、高かった。腕や首や指には、いつもの倍くらいの量のアクセサリーをくっつけていた。お化粧も、濃いめ。お祭りの時の扮装みたいなものかな、とあたしは思った。

菊美ちゃんは強い視線で、西野さんの顔をのぞきこんだ。西野さんは、まっすぐ菊美ちゃんを見返した。あたしは横に座って、なんだかぼんやりとしていた。唐突に西野さんの勃起の角度を思い出したりしていた。

あたしたちは菊美ちゃんが指定した喫茶店にいた。菊美ちゃんが迷わずコーヒーを注文したので、あたしも西野さんも倣《なら》ってコーヒーにした。コーヒーは、とてもおいしかった。ガラス越しにおひさまがよく差しこむお店だった。テーブルの上にクリスタルのグラスが置いてあり、白いチューリップが二本さしてあった。

最初あたしたちは無口だった。コーヒーのおかわりを、菊美ちゃんが注文した。あたしも西野さんも倣って、おかわりをした。西野さんは笑っていた。顔はごく真面目《まじめ》だったけれど、皮膚の下いちまいのところで、くすくす笑っていた。あたしは少し泣きたかった。なんだかばかみたいで。菊美ちゃんもあたしも、西野さんの生きてきた年月の半分以下の年月しか生きていない。おまけにあたしは西野さんのことがたいして好きじゃない。たぶん。

「おなか、すかない」やがて西野さんが言った。無口でばらばらに座っているうちに時間はたち、いつの間にか日が暮れかけていた。

「すいた」あたしはいそいで言った。ほんとうはあんまりすいていなかったけれど。

「おなかはすかないけど、お酒なら飲みます」菊美ちゃんがゆっくりと言った。菊美ちゃんのくちびるが、とてもきれいだった。パールピンクに、つやつや光っている。

「西野さんは、愛のどこがいいの」自然な話の続きのように、菊美ちゃんが聞いた。

「ああ、僕もそれを誰かに教えてほしいんだよ」西野さんは静かに答えた。自然な話の続きのように。

「僕はおそらく今、これまでの一生の中で、いちばん常軌を逸した状態にあるよ」常軌を逸しているひとにしては冷静に、西野さんは言った。菊美ちゃんは西野さんの顔にじっと視線を当てた。西野さんもじっと見返した。まるで深く愛しあっている二人のように。

あたしはコーヒーの残りを飲みほした。ほんの少ししかカップに残っていなかったけれど、長い時間をかけて、飲みほした。ジー、という音がカウンターの方から聞こえてくる。豆を挽《ひ》く音だろう。あたしは西野さんのことを好きになりたい、とそのとき切実に思った。あたしは、西野さんがあたしを愛するように、西野さんを愛したい。そう思った。でもやっぱり、あたしは西野さんを愛していなかった。ジー、ジー、と電動のコーヒーミルが鳴りつづけていた。

ねえ、僕といっしょに死のう。

西野さんが最初にそう言ったのは、いつごろのことだったろう。そろそろ江ノ島に通う季節だな、と思ったころだから、西野さんと初めて会ってから一年ほどたっていたはずだ。大学にはほとんど行かなかったけれど、その前の年度に単位を落とした科目はなかった。出席ではなく試験やレポートの方を重んずる授業をできるだけたくさんとるようにしていたからだ。あたしはたくさんAを取った。なにしろ勉強は好きだったから。あたしは二十歳になった。あいかわらずほとんど学校には行かず、西野さんとは週に三回、会っていた。

「さすがに昼ひなかから会ってると、会社がつぶれる」と西野さんが言うようになって、会うのは日曜日いちにちと、週なかばのどこか二日間の夜だけになった。社長は土曜日も休めないのよ、と西野さんはつまらなさそうに言った。こんなことなら、会社なんか起こさなきゃよかった。宮仕えをして適当に閑職になって、愛とずっと会ってたかった。西野さんはなかば本気のような口調で言った。

七月からは江ノ島に通うから、日曜日は会えない、とあたしが言うと、西野さんは顔色を変えた。

「いやだ」と西野さんは叫んだ。それからすぐ、叫んだ自分に困惑したような表情になった。

「僕は、どうしちゃったんだろう」ときどき、西野さんが口にする言葉だ。だって僕は今まで真の意味で女の子を愛したことなんかなかったから。西野さんは低い声で続ける。真の意味って、なんだか意味のない言葉なんだけれど。西野さんは言いながら、ちょっと笑う。西野さんが笑った時の顔が、あたしはいちばん好きだ。端正な表情が崩れて、無防備な感じになる。

「いっしょには、死なない」あたしは答える。

「でも愛を残していくのは、心配だ」

「自分の身の始末くらい、自分でつけられる。だいいち、残していくとかいかないとか、ヘンな言い方だよ」

「愛がほかの男とセックスするなんて、絶対にいやだ」

「今だって、しようと思えばいつでもできるよ」

反射的に答えてしまってから、あたしは口を押さえた。意地悪なことを言っている。あたしは意地悪は、嫌いなのだ。するのもされるのも。

西野さんはふたたび困惑した表情になった。ほんとに、僕は、何を言ってるんだろう。女の子たちみたいなこと、言ってるよ。そう言って、西野さんはため息をついた。

「ねえ、今すぐセックスをしよう」西野さんは言った。それからあたしの答えを聞かずに、乱暴にセックスをした。乱暴なセックスは好きだな、とあたしは思った。西野さん自身よりも西野さんのするセックスの方が好きなのかなあたしは、とも思った。でも西野さんのセックスっていうのも、西野さん自身にふくまれるものなんだな、きっと。考えはじめそうになって、あたしはあわてて自分をおしとどめた。勢いをそいではいけない。

西野さんは乱暴に、すばやく、セックスを終えた。あたしたちはベッドの中でお互いのおなかをさわりあった。西野さんのおなかは柔らかかった。あたしのおなかは、固い。

ねえ、僕といっしょに死のう。もう一度、西野さんが言った。軽い声で、言った。その軽さの中に、狂気がひそんでいないかどうか確かめようと、あたしは耳を澄ませた。西野さんは何回も、ねえ、僕といっしょに死のう、と軽い声で繰り返した。

菊美ちゃんと西野さんが、八月の終りに江ノ島に遊びにきた。朝早くからてんてこまいの日だった。てんてこまいって、へんな言葉だ。てんてこまいだよ、とあたしは三回くらい声に出してつぶやいてみた。菊美ちゃんにも西野さんにも、言ってみた。二人は甘酒を飲みながら、笑った。

西野さんと菊美ちゃんは、海岸にパラソルをたてた。西野さんはずっと砂の上に寝そべっていた。菊美ちゃんはときどき海に入った。あたしはなにしろてんてこまいだったので、合間に抜け出して二人のところに行く暇もなかった。

夕方になって波が少し高くなり、ようやく人が引けてきたころ、あたしはその日初めてゆっくりと椅子《いす》に座り、沖を眺めた。お盆を過ぎて、そろそろクラゲも出てくる時期なのに、たくさんの人がやってきた日だった。

たいがいの人たちは海には入らず、ただパラソルの下にぼんやりと座っていた。惜しんでいるんだよ、と西野さんはその夜言った。去る夏を、惜しんでるんだ。

沖から視線を戻して海岸を眺めると、西野さんと菊美ちゃんがパラソルの下に並んで寝そべっていた。菊美ちゃんの脚が、長い。菊美ちゃんは、最近恋人ができかけている。三歳年うえのひとで、ＯＬなのだそうだ。ものすごく、好きなんだ、と菊美ちゃんは言った。麦茶を飲みながら、あたしの部屋で。ひとを好きになるって、いいね。菊美ちゃんは続けた。愛と西野さんて、正直言って、あんまりしっくりこない組み合わせだと思ってたけど、今はそんなことはないことが、よくわかる。菊美ちゃんは、最後のところは少し早口になりながら、言った。好きになっちゃうと、相手がどんな年でどんな癖があってどんな性格か、なんて、ほとんど関係なくなっちゃうんだね。菊美ちゃんのくちびるが、ベビーピンクにつやつやと光っていた。

菊美ちゃんと西野さんは、仲のいい親子みたいに見えた。のんびりしたな、とその夜西野さんは言った。のんびりしちゃったよ、ほんとに。菊美ちゃんて、いい子だね。愛のまわりの世界は、いい世界だね。西野さんはしんみりと言った。世界は自分でつくるものだから、つまりいい世界の中にいる愛は、ほんとうにいい子なんだね。西野さんはあたしの髪を優しくひっぱった。

べつにそんなこと、ないよ。あたしはそっけなく答えた。西野さんが重いな、とあたしはかすかに思った。なんだかあたしは面倒くさかった。いちにち、休みなく働いたせいかもしれなかった。あたしはじきに目を閉じて、半睡になった。西野さんがあたしの隣で肘《ひじ》をついてあたしの寝顔を見つめている気配を感じた。あたしは寝返りをうった。西野さんはあたしの横顔をいつまでも見つめていた。

狂ってるのかもしれない、と声に出したとたんに、それは確実なことのように思えてきた。もちろん誰にだって狂気はある。狂気のない人間なんて、かえっておそろしい。でも西野さんはやはりどう考えても、常軌を逸している。

「ずいぶん前に、僕が自分でそう言ったじゃない」と、西野さんは笑いながら、言った。

あたしは自分の片足首につけられた枷《かせ》からのびている太い鎖を持って、じゃらん、と鳴らしてみた。愛が逃げるといけないから、と言いながら、西野さんがこの枷をはめたのは、秋の終わりごろだった。もちろん鍵《かぎ》は、鎖の届く範囲にあるひきだしの、一番上の段に入っている。はずそうと思えば、いつでもはずせるんだよ。そんなふうに西野さんは説明した。どうしてこんなこと、するの。あたしが聞くと、西野さんは目を伏せた。自分に愛想がつきるように、かもしれない。西野さんはしばらくしてから、ぽつりと答えた。

あたしはだから、西野さんの部屋で今は大部分の時間を過ごしている。本を読んだり、勉強したり。ラジオを聞いたり、菊美ちゃんと電話したり。鎖をはずすのは簡単だったけれど、あたしはなぜだか鎖をはずす気持ちにはならなかった。はずしたとたんに、西野さんのしていることが、ほんとうに常軌を逸していることになってしまうような気がしていたのかもしれない。二人で協力しておこなっているのならば、二人だけのひめごと。でも一人が抜けてしまったら、ただの狂気。

狂気だから、いいんじゃない。菊美ちゃんが電話の向こうで言った。恋愛って、多かれ少なかれ、狂気に満ちたものよ。菊美ちゃんは、あたしと西野さんが半同棲《どうせい》をはじめたのだと単純に思っているのだ。いいなあ。いつかわたしも愛たちみたいに、一緒に暮らせるかな。菊美ちゃんはつぶやいた。

西野さんはとても優しい。このごろでは、セックスはほとんどしなくなっている。コレクター、っていう小説があったけど、それと似てる？　とあたしは聞いてみたことがある。いや、僕にはコレクション趣味はないな。西野さんはかんたんに答えた。それからあたしの服を脱がせて、あたしの胸や背中やあしを、ゆっくりとさわった。あたしは下着をつけていない。西野さんの家はいつもちょうどいい具合に空調が保たれているから。

ねえ、あたし、もう帰る。

何回、あたしは言いかけたことだろう。でも、言わなかった。いつでもやめることはできるような気がしていた。愛してるよ、と西野さんが言う。かんたんなことなんだね、女の子を愛するのは。今まで、僕はどうして女の子たちを愛さなかったんだろう。西野さんは静かに言う。そして素裸のあたしを抱きしめる。

あたしは西野さんを愛していない。好きですらないかもしれない。西野さんが死んでしまった時のことを考えても、涙も浮かばない。ただ、そういうこともあるだろうな、と思うばかりである。西野さんはあたしをきつく抱きしめる。西野さんが泣いている。なんで泣くんだろう、このひとは。あたしはぼんやりと思う。

明日、明日こそ、帰ろう。何回めになるだろう、あたしは頭の中で決心する。明日になっても帰らないことを、でも、あたしは知っている。あたしは西野さんの家の中で、冬眠中の小さな虫のように、じっと丸まっているばかりなのだ。


でも、ものごとには必ず「おしまい」が訪れる。

ぶどう、と西野さんが言ったのだ。あたしは熱を出していた。風邪だった。西野さんが数日前から咳《せき》をしていたのが、うつったのだ。西野さんは熱も出さずに毎日元気に会社に行っているというのに。

ぶどうを絞ったもの、つくってやるよ。西野さんはそう言いながら、マンションのドアに鍵をかけて出ていった。風邪をひいたときは桃の缶詰、とか、りんごをすったものが一番、とか、いろんな流派があるけど、僕のところは、ぶどうだったな。西野さんは嬉《うれ》しそうに言ったのだ。

流派、という言葉がおかしくて、あたしは笑った。笑うと咳が出て、苦しかった。ぶどうの皮をとって、種もとって、ぎゅっとジューサーで絞るんだよ。昔はジューサーなんかなかったから、ガーゼでぎゅうぎゅう絞ったものだったけど。あれ、でも、咳にはよくないかな。熱にはいいんだけど。咳には、どうかな。西野さんはつぶやきながら、いそいそと出ていった。

あたしは熱で半分眠りながら、ぶどうのことを思い浮かべた。深い紫色の、大きな粒のぶどう。育った家の庭にぶどう棚があって、夏になるとカナブンが飛んできた。まだうすみどり色の小さなぶどうなのに、カナブンはすぐに食い散らしてしまう。夏の終わりまで、カナブンに食べられずに残ったぶどうは、わずか数房だけだった。家のぶどう棚のぶどうは、小粒でやたらに種の多い、すっぱいぶどうだった。

西野さんのことを、ほんとうはあたしは愛しているのかもしれないな、と突然思った。いやいや、風邪で気が弱っているだけかもしれないな、とも思った。しばらくそのままうとうとしたら、電話が鳴った。

電話には出ないことにしていたのでほっておいたら、留守番電話に切り替わって、

「ただいま留守にしております」という機械の女性の声になった。西野さんの家の留守番電話の女性の声が、あたしはけっこう気に入っている。そのままじっと聞いていると、女性の声にかぶさるようにして、西野さんの声が聞こえてきた。

「愛」と、何回か繰り返している。

あたしはふらふらしながら立ち上がり、電話に出た。

「愛か」西野さんが言った。

「うん」

「熱があるのに、ごめん」

「どうしたの」

「事故にあった」

「え」

「たぶん、おれ、死ぬよ」

さっき家を出ていった時と同じような、うきうきした調子の声に聞こえる。あたしは西野さんが冗談を言っているのだと思った。

「愛、僕のこと、愛してなかったでしょう」西野さんは電話の向こうで、あいかわらず嬉しそうに、言った。

「そんなこと、ないよ」あたしは間髪をいれず、何も考えないようにして、答えた。いつもの癖。

「いいよ、僕と愛は似てるから、僕にはよくわかるんだよ」

うーん、とあたしはうなった。それより、ぶどう、待ってるから。そう言って、あたしは電話を切ろうとした。

「待って」西野さんは言った。

「いっしょに、死にたかったけど、しょうがないね。つまんない人生だったのかもしれない、ほんとに、おれ」

ぷつ、と電話が切れた。どこからか救急車の音が聞こえてくる。あたしは何がなんだかわからないまま、ベッドに倒れこんだ。

熱が急激にあがっていくのがわかった。西野さんは、ほんとうに死んだんだ、とあたしは夢とうつつの間で、確信していた。なぜだか、しんと、確信していた。

ぶどう、食べたかった。あたしはつぶやき、それから、浅い、けれども執拗《しつよう》な眠りに、ひきこまれた。今日は枷をしてなくて、よかった。最後に考えたのが、それだった。

お葬式はものすごく立派だった。たくさんの「取引先」の人たちが焼香をするので、順番がまわってくるまでに、長い時間がかかった。何人かの、「取引先」とは異質な女のひとたちも、「取引先」に混じってちらほらと姿を見せていた。

いつかの、江ノ島に西野さんと一緒に来ていた女のひとも、いた。あいかわらずほっそりとしたきれいな足首で、黒いストッキングの下には、あの時と同じ金色のアンクレットをつけていた。

「愛ちゃんね」と、お焼香が終わってお寺の裏手であたしがなんとなくため息をついていると、江ノ島のひとが話しかけてきた。前に会った時よりも、少し皺《しわ》がふえて、でも、やっぱりきれいなひとだった。

「死んじゃったね」江ノ島のひとは、すらりと、言った。

「あたしのこと、知ってるんですか」と聞くと、江ノ島のひとは頷《うなず》いた。

「ときどき、会って、聞かされた」

「ちょくちょく、会ってたんですか」

「一ヵ月に一回くらいかなあ」

西野さんらしいなあ、とあたしは少し笑った。あたしに枷をつけておいて、自分はちゃっかり昔の女と会っていたのだ。

「でも、食事だけよ」江ノ島のひとは言って、ほほえんだ。

「あなた、最後まで西野を愛さなかったのね」江ノ島のひとは、あたしの目をのぞきこみながら、言った。そんなことをよく知らない人に答えるすじあいもなかったけれど、あたしはこのひとが、なんだか好きだった。わけもなく。

「たぶん」あたしはゆっくりと答えた。

「いいきみ」江ノ島のひとは、つぶやいた。あたしは黙っていた。

「でも、あなたはもったいないこと、したわね」江ノ島のひとは、続けた。え、とあたしは聞き返した。それって、どういう意味ですか。

「西野を愛するのは、せんないことだったけど、楽しいことでもあったからね。甲斐《かい》のある苦役だったわよ」江ノ島のひとは言って、あはは、と笑った。

澄んだ笑い声だった。あたしは笑わなかった。笑わずに、ぶどうのことを思った。西野さんは、どんなぶどうを買ってくるつもりだったんだろう。紫のか、緑のか、それとも小さな粒のか。冷たく絞られたぶどうを、あたしは匙《さじ》ですくって飲ませてもらいたかった。

西野さん、とあたしは心の中で呼びかけた。西野さん、あたしは、やっぱり西野さんのこと、愛せなかった。ごめんなさい。そう呼びかけた。西野さんのため息が、耳もとで聞こえたような気がしたけれど、もちろん空耳だろう。

三千万年後は、夜のない世界になるんですって。あたしがそう声に出して言うと、江ノ島のひとは、びっくりしたような顔になった。そうなの。江ノ島のひとは言い、それからあたしに背を向けた。そうなんです。歩み去ってゆく江ノ島のひとの背中に向けて、あたしは呼びかけた。

そうなんです。三千万年後には、このあたりは、暗闇《くらやみ》のない世界になるんですよ。いったいどうしたらいいんでしょう、あたしは。ねえ、どうしたらいいんでしょう。

水銀体温計

西野くんの話をしてみようと思う。

不思議な男の子だった。それまで会ったことのない、そして、それからも二度と会わなかった種類の、男の子。あのころは西野くんのような子はいくらもいると思っていたけれど、そうではなかった。なつかしい、と西野くんはわたしのことを言っていたけれど、今ではわたしが西野くんのことをなつかしく思う。どこで何をしているのやら。生きているのか、いやもしかするともう死んでしまったのかもしれない、けれどその面影は強くわたしの心の中に残っている。だから、生きていても死んでいても、わたしにとっては、同じことだ。

西野幸彦。当時十八歳。賞罰なし。資格も特になし。健康。当時の趣味、土管めぐり。

「あなた、御園《みその》のぞみさんじゃないですか？」

というのが、西野くんの最初の言葉だった。

真上から声をかけられて、わたしは薄く目を開けた。三限めが休講になったので、一人で裏庭の芝生に寝そべっていたのだ。裏庭の、ジャスミンのしげみの、陰になった場所。ちょうど今の季節には小さな薄黄色い花がたくさんついて、横にしばらく座っているだけで、いい匂《にお》いがうつるような心地になる。

「そうだけど、きみは」上体を起こしながら、わたしは聞き返した。

「僕は西野幸彦。経済学部の一年生」

そう、とわたしは言い、西野くんをじっと見た。くせのない茶色がかった髪は、きちんと刈りこまれている。ジーンズに白いTシャツ、その上にはダンガリーの長袖《ながそで》シャツを、三番めのボタンまではずして着ている。

見覚えのない男の子だった。経済学部の男の子は二人しか知らなかったし、その子たちは、わたしと同じ三年生だ。

「怪しい者じゃありません」西野くんは目をみひらくようにして、言った。

「怪しい者っていう言葉が、だいいち怪しくない？」わたしが笑いながら聞き返すと、西野くんも笑った。

「僕、御園さんの高校の後輩なんです」

ああ、とわたしは頷《うなず》いた。

高校のころ、わたしは生徒会長をしていた。女子の会長というのが当時は珍しくて、卒業してから三年めだというのに、今でも帰省すると同じ時期に在校していた生徒たち――見知った者も見知らぬ者も――から、しょっちゅう声をかけられる。

「で」

地元ではそのようにある種の「有名人」だったが、上京して大学に入ってしまえば、わたしも「その他大勢」の学生の一人だった。生徒会長というものがどんなものだか一度経験してみてもいいかも、という純粋な好奇心でもって、適当に立候補したのだ。けれどふたを開けてみれば、わたしの得票率は前代未聞《みもん》だった。女、という記号が、まだまだ意味を持つ地域と時代だったのだ。以来わたしは「学校の著名人」となった。

大学に入ってようやくその居心地の悪さから解放された。そのために、わたしの地方では知名度の低い「中堅地味め」の大学を、細心の注意をはらって選んだのだ。ねらいはあたり、大学入学以降、同じ高校の人間にはまだ会ったことがなかった。

「失礼な質問だとは思うんですが、御園さんが誰とでもセックスをする、というのは、ほんとうですか」

西野くんは、これまた目をみひらきながら、聞いた。うわついた気持ちがこれっぽっちもなく、ごくごく真剣になったとき、西野くんは目をみひらく癖がある、ということをそのときまだわたしは知らなかった。

「質問も失礼だけど、そういうふうに人をじろじろ見るのも失礼だって、おかあさんに教わらなかったの、きみは」とわたしは言い、持っていた「熱力学演習I」の固い背の部分で、西野くんのむこうずねを思いきり叩《たた》いた。

イッ、という声を西野くんはたて、うずくまった。ジャスミンのしげみが揺れ、花がいくつか散った。わたしはゆっくりと立ち上がり、芝を払い、西野くんには目もくれずに、歩み去った。

次に西野くんに会ったのは、ひと月ほど後のことだった。

西野くんは文学部棟への通路を、女の子と並んで歩いていた。あれはうちの大学の学生じゃないだろうな、とわたしは思った。

つまりその女の子は「可愛《かわい》い」子だったのだ。むろん可愛い子は、うちの大学にもたくさんいる。ただ、その子たちは「中堅」であるうちの大学の立ち位置と同様、可愛さもなんだか「中堅」なのであった。

西野くんの横にいる女の子の可愛さは、「中堅」をはるかに凌駕《りょうが》した、水際《みずぎわ》立《だ》ったものだった。すっきりと、くっきりと、可愛い。

たぶんその女の子は、「可愛い」渡世を長く渡ってきたベテランの可愛い子なのだろう。可愛い自分に対して、みじんもためらいがない。

「やあ」と西野くんは手をあげた。

「やあ」とわたしも返した。失礼なことを言う男とかかわりをもつ趣味はなかったが、こんなに上質な女の子を、わざわざ違う大学のキャンパスまで来させるだけの手腕には、興味をもったのだ。

こんにちは、と西野くんの隣の女の子が頭を下げた。西野くんはゆったりと構えている。結婚して数年はたつ夫婦みたいなたたずまいだ。

「彼女？」とわたしは聞いた。

「うん」西野くんは悪びれずに答えた。

「カノコちゃんです」と西野くんは続けた。

ちゃんづけ、しないでよ。女の子は西野くんに向かっては華やいだ声で遺憾《いかん》の意をあらわし、いっぽうのわたしの方へは礼儀正しいタイミングでほほえんだ。

失敗だった、とわたしは思った。さっさと知らないふりをして退散するべきだった。

「御園です。それじゃ」きびすを返してわたしは立ち去ろうとした。西野くんはあいかわらず悠然としている。

あ、と「カノコちゃん」が言った。

向き直らないよう、目の端だけで、ちらりとわたしは見た。

「カノコちゃん」は、困惑していた。意外なことだが、わたしが二人のそばにこれ以上いるのが面倒になった、ということを、「カノコちゃん」は気づいていた。そしてもっと意外なことに、「カノコちゃん」は、そのことを申し訳なく、思っていた。

そうなると、そのまま無下に去るわけにもいかなくなり、わたしは中途半端《はんぱ》な姿勢のまま、立ち止まった。

「会えて嬉《うれ》しかったです」しばらく迷ってから、「カノコちゃん」は言った。

うん、とわたしははんぶんうしろを向いたまま、答えた。

「カノコちゃん」は、わたしの声の調子に、緊張をゆるめた。

女の子どうしの、ひそやかな、けれど国家の外交にも似た、このような「精神的な力の均衡関係」を、男の子はいったいどう感じているのだろう、とわたしはときどき思う。たぶんおおかたの男の子は、何も感じていないのだろう。それどころか、そんなものが存在することすら、想像もしていないことだろう。

案の定、西野くんも、ただそこに立って、清潔な笑顔を浮かべているばかりだった。

今度こそわたしはまうしろを向いて、二人を背にした。行こうか、という西野くんの声が聞こえた。「カノコちゃん」は何も答えなかったが、二人のテンポのあった足音が聞こえ、むつまじげに並んで歩きはじめたことがわかった。

キャンパスのはじっこにある理学部棟へと、わたしは足早に向かった。


それからずっと、西野くんに出会う機会はなかった。そのままいけば、わたしは二度と西野くんのことを思い出すことはなかっただろう。

けれど、土管のことがあった。土管のせいで、わたしはふたたび西野くんと出会うことになる。


その週は、忙しい週だった。月曜日は、皆川くんと一緒だった。火曜日の昼は鈴木くんで、夕方からは金子くん、夜十二時過ぎに部屋に戻ると、宗像《むなかた》さんが訪ねてきた。水曜と木曜は実験が遅くまでかかったので一人だったが、金曜、土曜と、わたしが中島くんの部屋に泊まった。


どの男の子とも、もちろんセックスをした。

一週間に五人の男の子とセックスをするのが、ひどく標準からはずれたことなのか、それとも案外よくあることなのか、わたしは知らない。ただ、いつか西野くんがした質問、「誰とでもセックスをするのか」ということにかんしては、否《いな》、である。

わたしは誰とでもセックスをするわけではない。わたしは、わたしの興味をひかない男の子とは、今まで一度もセックスをしたことがない。わたしがセックスをするのは、いつも純粋な好奇心から、だ。ちょうど高校のころ、生徒会長に立候補してみたときのように。

そういうわけで、その週わたしは五人の男の子たちと、それぞれに親密な時間を過ごした。男の子とセックスをするといいのは、親密な時間をもてることだ。男の子たちはわたしに慣れる。男の子たちは親しみを開陳してくれるようになる。男の子たちはいくらか不作法になる。男の子たちは単純化する。そして、うまくゆけば、男の子たちはわたしを好きになってくれる。

日曜日、わたしは一人で過ごした。日曜日は安息日と決めている。洗濯をして、掃除をして、食事をつくって、テレビの野球中継やマラソン、お相撲のある季節には相撲中継を、ぼんやりと眺める。好奇心は旺盛《おうせい》だが、四六時中人と過ごすのは、疲れるのだ。

日が暮れると、わたしは近所の公園に行く。広い公園だ。児童用の遊具のある整備された一角と、ほどよく野原のままにほっておかれた部分の、両方からなる公園。

必ずわたしは野原の方へと踏みいる。あしくびをくすぐる雑草の中に立って、じっとぶらんこやすべり台を眺める。その時間、公園には人の姿はみえない。ぶらんこは、風に吹かれて揺れる。ギ、ギ、という音がする。あしもとの草も、さらさらと鳴る。

この公園で、わたしはときおり土管にもぐりこむのだ。野原の中のひときわ草の生い茂ったあたりに、数本の土管が雨ざらしになっている。内径が一メートル以上もある土管である。もぐりこんだら落ちつくだろうな、と最初見たとき思いつき、するとすぐさまわたしはもぐりこんでいた。繰り返すようだが、わたしは自分の好奇心に忠実なのだ。

その日曜も、わたしは土管に入っていった。持参の写真集を開き、土管のまるみに背をもたせかけ、白黒の写真に見入った。いつもより奥にもぐりこんだので、暗かった。猫が何十匹も海岸にいる写真のページを、わたしはずっと開いていた。そのページがいちばん白黒のコントラストがはっきりしていて、弱い光の中でも見やすかったのだ。

いつの間にか、わたしは眠っていたらしい。

「御園さんじゃないですか」という声に、わたしはびくりと身を起こした。そして、頭を土管の壁にぶつけた。

イッ、とわたしは声をあげた。

ああ、ごめんなさい、と声の主は言った。でもこれでおあいこかな、とも。頭をさすりながら土管の入り口を見ると、声の主らしい男が、かがんでこちらに入ってこようとしていた。逆光で顔が見えない。でも、それが誰なのだかわたしには見当がついていた。

清潔そうでとっかかりのないその声の主は、西野くんにちがいなかった。

この土管は特にきもちがいいな。

わたしのすぐ隣で西野くんは言った。ほとんど日は暮れきっている。暗さに慣れたわたしの目には西野くんの輪郭がはっきりと見えていたが、ここに入ってきたばかりの西野くんにとって、土管の中はほとんどまっくらに近かったことだろう。手さぐりをしながら、西野くんは土管に背をもたせかけた。

土管は、僕も好きなんだ。だから、日曜日はたいがい土管めぐりをしている。西野くんは言った。

もともと好きだったわけ、土管？　わたしは驚いて聞き返した。変わった人だね、きみは。

ぴったりと隣あっているので、西野くんの体温が伝わってくる。二人でいても、土管の中はたいそう落ちつく。一人でいるときと同じく。他人といるのではないみたいだ。セックスをしている最中と、少し似ているかもしれない。

「いつかは、ごめんなさい」西野くんが、わたしの顔をのぞきこみながら、言った。ずいぶんと目が暗さに慣れたようだ。わたしの前髪に、西野くんの指が、つと触れた。

「いつかって」

「へんな質問して」

へんな質問、ていうより、どうしてわたしのことをよく知らない西野くんが、わたしの性生活を知ったようなことを言うのか、不思議だったよ。わたしは答えた。

「皆川さんに聞いたんです」

そうか、とわたしは言った。皆川くんは、たしか先週の月曜日のぶんの男の子だ。いや、火曜日だったろうか。よく思い出せない。知っている経済学部の二人の男の子のうちの一人である。皆川くんにはちょっと軽はずみなところがあるのではないかとつねづね疑っていたが、その通りだったわけである。

「でもどうして、わざわざあんな質問、直接しにきたの」

しばらくの沈黙ののちに、わたしは聞いた。

「知りたかったからです」西野くんは答えた。目がみひらかれている。最初に質問をしにきたときと、同じ表情だ。

「何を、知りたかったの」

「どうやったら誰かを愛せるのか」

はあ？　とわたしは聞き返した。よりにもよって、土管の中で。そんな人生の一大事みたいなことを聞くとは。いったいこの男の子は、なんなんだ。

驚いた拍子に、しゃっくりが出はじめた。数回、強いしゃっくりが続き、それからは数秒おきに静かなしゃっくりが間欠泉のように出た。

「止まらないですね」西野くんはふくみ笑いをしながら、言った。

「止まらないね」しゃっくりの合間に、わたしは答えた。

「止めましょうか」

そう言うやいなや、西野くんはわたしの顎《あご》をもちあげ、くちびるを寄せてきた。舌をざっくりとさし入れ、わたしの口の中をかきまわした。

しばらく西野くんはあれこれ試みていた。

「でもやっぱり、止まらないね」

西野くんが顔を離してからわたしが言うと、西野くんは頬をふくらませた。やっぱり僕は、だめなんだ。しゃっくり一つ、止めることさえできない。ひどく悲しそうな調子である。ふざけているのかと思ったが、存外本気で言っているらしかった。

きみねえ、とわたしは笑った。土管の中で。ふくらんだ西野くんの頬をぴたぴたと叩いてやりながら。

この男の子に対して、自分はさっきからものすごい好奇心をもつようになってるな、とわたしは思った。今日、うちに来る？　わたしは素早く聞いた。うん、と西野くんは言った。土管の出口へと、わたしたちは這《は》っていった。外へ出てみると、日はすっかり暮れていた。しゃっくりは、いつの間にか止まっていた。

でもその日、西野くんとは、セックスをしなかった。

夕食を、わたしは西野くんにごちそうしてあげた。昼につくっておいたじゃがいもの煮つけに、ハムエッグを焼いた。それに、とうふの味噌汁《みそしる》。日曜日はなにしろ安息日なので、無意識のうちにセックスを避けたのかもしれない。

そのかわりに、西野くんの身の上話を聞いた。

こんな話を、ほとんど初対面の女の人にするのが妙だということもわかっていますし、だいいちしようと思っても、いつもは絶対にそんなことはできないんですけれど。西野くんはそう前置きした。

「初対面、でもないし」わたしが言うと、西野くんは頷《うなず》いた。目をみひらきながら。

そうなんです。それでもやっぱり御園さんにとっては僕は初対面に近い人間なんだと思います。ただね。

ただね、と西野くんは言いさしてから、首をかしげた。へんな子だ、とわたしは思った。気をひく。でも、どこかがちぐはぐだ。

ただね、僕にとっては、御園さんは初対面ではないんです。とても近しい、なつかしい、ひとなんです。西野くんは、静かに、つづけた。

はあ？　とわたしはまた聞き返した。土管の中でもそうだったけれど、どうして西野くんはそういうふうに、唐突に自分の世界に入っていっちゃうの？

あ、そうですか、ごめんなさい。西野くんは素直な口調で謝った。でもやっぱり、御園のぞみさんは、僕にとってはなつかしい女性なんです。いえ、御園さん自身のことがなつかしいんじゃないから、唐突なのは確かなんですが。でも。

でも、と続けながら、西野くんが語ってくれたのは、かいつまんでいうと、次のような筋の話となる。

西野くんには、十二歳年の離れた姉がいた。

姉は、西野くんが小学生のころに、結婚した。

数年後、姉は女の子を生んだ。

その半年後、女の子は先天性の心臓疾患で急死した。

もともとしっくりいっていなかった姉夫婦の仲が、こじれた。

姉の体調は、子供の死去以来すぐれなかった。

姉は、実家に戻ってきた。

三年前、西野くんが高校一年の夏に、姉は自殺した。

以来、西野くんは、姉にしてやれなかったことごとに対する悔やみごころもふくめ、自分が姉を異性として愛していたのではないかと、疑うようになる。

御園のぞみは、その姉と、そっくりの顔をしている。


そうなの。

話を聞きおわってから、わたしは慎重に言った。

西野くんをおおう、しみ一つないごく健康そうな皮膚や筋肉組織の内部に、こんな話が隠されていようとは、思ってもみなかった。

西野くんは、目玉四つ——西野くん自身のリクエストである——のハムエッグを旺盛な食欲でたいらげながら、その話をした。もしかして今の話、冗談なの？　と聞きたくなるくらい、西野くんは屈託がなくみえた。

それはたいへんだったね。

ますます慎重に、わたしは言った。

人生相談は、わたしの得意分野の範疇《はんちゅう》外にあった。インセスト一般にかんする考察も、むろん同様。

ねえ、これから、セックスとか、する?

話を終えた西野くんがあんまりあっけらかんとしているので、わたしは聞いてみた。あっけらかんとしすぎていて、わたしは少し怖かったのかもしれない。

いや、御園さんとセックスは、できないです。少なくとも今のところは。だって姉とセックスしたかったのかどうか、いまだに僕にはわからないんですから。西野くんは真面目《まじめ》に答えた。

わたしはきみのお姉さんじゃないよ、と言おうかと思ったが、やめておいた。

西野くんは食卓のカゴの中にあったりんごを、手にとってくるくると回転させている。りんご、剝《む》こうか。わたしが聞くと、西野くんは、うん、と言った。あの、できれば、ウサギにしてくださるとありがたいです、と西野くんはつづけた。皮をウサギの耳の形にはねさせるやつ。

いいよ。失敗するかもしれないけど。わたしが答えて剝きはじめると、西野くんは嬉《うれ》しそうにナイフを使うわたしの手元を眺めた。姉が昔、よくウサギ、つくってくれたんですよ。西野くんは言い、笑った。

え、とわたしが息をのむと、西野くんは目をみひらいた。いや、僕、ちゃんと現状を認識してますから。怪しいことは考えてませんから。

だから、その言い方がそもそも怪しいっていうの。一拍おいてから、わたしはことさらに陽気な口調で答えた。

一瞬の緊迫の後にきたゆるみから、わたしはナイフを落としそうになっていた。西野くんに悟られぬようナイフをしっかり持ちなおし、ウサギを二つつくって、西野くんの前に置いた。あとの二つはただ普通に剝いて、自分で食べた。しゃりしゃりとりんごをはむ音が、しばらくの間、部屋じゅうに満ちた。

でもどうして、と西野くんは聞いた。

結局その次の日に、西野くんはわたしとセックスをしたのだ。「少なくとも今のところはできない」などと言っておきながら。

ぐずぐずとわたしの部屋にいつづける西野くんを追い払う算段をするのが、最後は面倒になって、わたしは西野くんを部屋に泊めた。部屋に泊めるのは、妻子持ちの宗像さんだけ――妻子持ちの人ならば、泊まることが習慣にならないだろうから――といちおう決めていたのに。

西野くんは食欲と同じく、旺盛《おうせい》な性欲の持ち主だった。

二十歳前後の男の子たちって、みんなやりたい盛りだろう、と宗像さんなどは言うけれど、個人差は大きい。西野くんと同じくらいの性欲を示す男の子もいたが、ほとんどセックスというものを欲しない男の子もいた。それら有象無象の男の子たちの誰よりも、西野くんの性欲は、充実していた。西野くんの性欲には、なんというか、ほかの男の子たちにはない、ある種の「粘り」があった。

粘りある性欲がいいセックスに結びつくとも限らないが、西野くんとするセックスは、よかった。この子は、将来大物になるかもしれないなあ、などとわたしはぼんやり考えた。大物って、いったいなんの大物なのさ。自分の内で自分に聞き返しながら、わたしはくすくす笑った。

なに笑ってるの、と西野くんは聞いた。なんでもない、とわたしは答えたが、西野くんは不満そうにした。こういうところ、ふつうの男の子と変わりがない。

「でもどうしてのぞみさんはそんなにいろんな男と寝ちゃうんですか」ようやく自分

も果ててから、ふとんを顎のところまで引き上げて、いつうとうとしてもいい態勢に入ると、西野くんはおもむろに聞いたのだ。

「じゃあ西野くんこそ、カノコちゃんのことは、どうなの」わたしははんたいに聞き返した。

あ、そうか。西野くんはびっくりしたような口調で言った。そういえば、これって、もしかして、ふたまた、ってことか。

なに馬鹿《ばか》なこと言ってるの、と答えながら、わたしは眉《まゆ》をしかめた。笑ってもいいところだったが、なぜだか笑えなかった。西野くんが心からびっくりしていることがわかったからである。このひととき、西野くんはすっかり「カノコちゃん」のことを、忘れ去っていたのだ。

「ふたまた、っていうほど、まだわたし、きみと親しくない」そっけなく、わたしは答えた。「カノコちゃん」のことが、わたしは気にかかったのだ。決して嫌いではなかった。わたしはあの女の子のことが。この場合、もしわたしが嫌うとしたら、それはむしろ、西野くんの方だった。

「でも、のぞみさんとは、これだけにしたくないな」西野くんは言った。

「縁があればね」わたしは平坦《へいたん》に言った。

どうやったら誰かを愛せるの、という西野くんの問いを、わたしは思い出していた。かんたんに愛することができるくせに、とわたしは内心で毒づいた。

何もかもかんたんにできるくせに、とわたしは思った。清潔そうな西野くんが、その瞬間、いとわしかった。その「いい」セックスもふくめ、ものすごくいとわしかった。出ていって、とわたしは言いかけた。でも言わなかった。なぜなら、西野くんをいとわしく思うのは、すなわちわたしがわたし自身をいとわしく思うのと同じだ、ということをわたしは知っていたからだ。

西野くんは冷たい。そして、その冷たさは、あたたかな裏打ちを持っている。すっかり冷たいよりも、それは始末に悪い。たとえばそれは、わたしはわたしがセックスをしたいと思っている男の子全員を愛しているつもりだけれど、実のところは誰のことも愛していないのかもしれない、ということとたぶん同じなのだ、ということと同義のことだ。

「お姉さんがかなしむよ」

わたしは言った。西野くんの顔色が変わった。

のぞみさんは意地悪だね。西野くんはつぶやいた。

そうなんだ。わたしはにっこりしながら、答えた。

服を身につけ、西野くんは出ていった。それから長く、西野くんからは連絡がなかった。

セックスをする相手は、少しずつ入れかわった。

皆川くんが抜けて——軽はずみなのがわかったので、わたしの方から遠ざかった——、金子くんも卒業して疎遠《そえん》になって、宗像さんは仕事が忙しくて、かわりに箱崎さんと大正くんと野末くんが加わった。猫田くんと南方くんがさらに加わったころには、わたしの「愛している男の子たち」は最高数に達したが、四年生になるころには、次第に顔ぶれは整理されていった。

わたしが複数の男の子を「愛して」いることを、わたし自身が公言した相手もいたし、まったく知らせていない——むこうが疑ったことはあるにしろ——相手もいた。知らせるか知らせないかは、相手の質《たち》によって決めた。

知らせた方がいい、とわたしが判断した男の子で、わたしが自分以外の男の子とつきあっていることに強い反発を示した男の子は、一人もいなかった。それが、彼らのわたしへの執着のなさをあらわすのか、それとも、ものごとへのとらわれない度量を示すのか、わたしにはわからないが、少なくとも人に対するわたしの判断力はなかなかのものだったということだけはいえる。「軽はずみ」でわたしから愛想をつかされた皆川くんだけが、わずかに判断ちがいといえばいえるかもしれないが。

わたしはそのようにつつがなく毎日を過ごしていた。西野くんのことは、ほとんど忘れていた。だから、ひょんな土管での出会いの翌日西野くんとセックスをしたときから、一年ほどたった頃に西野くんに会ったときには、びっくりした。

わたしたちは大学の近くの居酒屋の男女共用トイレではちあわせしたのだ。

「のぞみさん、僕は、なんだかむなしいなあ」わたしの顔を見たとたんに、西野くんは言った。まるでつい昨日会ったばかりであるかのような口調だった。

あいかわらず、自分の世界に没入しやすいやつである。

「そうなの」とわたしはつめたく答えた。

西野くんはずいぶん酔っていた。息がアルコールじみていた。僕、酒に弱いのになあ、と西野くんはつぶやき、次の瞬間よける隙《ひま》もあらばこそ、これも昨日会ったばかりであるかのように、洗面台の前でためらいなくわたしにキスをした。

「このまま逃走しちゃおう」西野くんは唾液《だえき》をくちびるの端からひとすじ垂らしながら、言った。透明でさらさらとした唾液。

「いやだよ」わたしは答えた。

「じゃ、かわりに僕の恋人になって」

「かわりにって、逃走と恋人になることは、ぜんぜん対になってないよ」

そうかなあ、と言いながら、西野くんは目をみひらいた。しばらく考えこんでいる。

こんな酔っぱらいなどほっぽって席に帰ろうと、わたしは西野くんに背を向けた。

するとその刹那《せつな》、驚くべきことに、西野くんは声をあげて泣きはじめたのだ。

「うわあ」と西野くんは泣いた。

さめざめと、西野くんは泣いた。大学生の男の子の泣きかたではなかった。五歳ほどの幼児の泣きようである。

「のぞみさん、僕、悲しいよ」西野くんは言い言いしながら、泣いた。

やめなよ、とわたしはつぶやいた。けれどむろんその声は西野くんには届いていなかった。ただただ、西野くんは泣いた。

「ねえ、どうしてこの世界は、こんなにとめどがないの」西野くんは聞いた。

さあ、とわたしは答えた。その声も、西野くんの泣き声に消されて、聞こえない。

「とめどがなくて、僕はいたたまれない」

そうだね。わたしはおとなしく相槌《あいづち》をうつ。それしかできないではないか。

「のぞみさんは科学者になるんでしょ。それだったら、この世界がどうしてこんななのか、教えてくれたっていいじゃないの」

科学者には、たぶん、ならないよ。なれないよ。

「それじゃあ、ますます、世界にはとめどがなくなっちゃうよ」

うん、とわたしは言った。ほんとに、この世界はとめどがないよね。でもそれは、最初にビッグバンがあって以来、宇宙が広がりつづけてるから、しょうがないんじゃないの。どうにか西野くんをなだめようと、わたしは真面目に答えた。

「宇宙って、広がりつづけてるの」西野くんは目をみひらいて、聞いた。

そういうふうに、いわれてるよ。

「じゃ、広がっていく宇宙の、そのもっと外側には、何があるの」

外側？

「そう。広がってるいちばん先っぽの、もっと先の、まだ宇宙になってないところ」

わたしは言葉につまった。そんなこと、考えたこともなかった。この世界の外側の虚の空間にあるもの？　それは空虚？　でもこの世界の外側って、ほんとうに空虚なのだろうか？　空虚って、それに、具体的には何なの？

「外側には、きっと、なにもないんだよ」やっとのことで、わたしは答えた。

外側には、なにもナシ。とにもかくにも、ナシ。心の底から真剣に念じながら、わたしは西野くんに向かい合った。気持ちのはりつめている五歳の幼児の相手をするには、同じように気持ちをはりつめさせなければ、負けてしまう。

そうか。とりとめがないのは、外側に何もないから、なのか。

ややあってから、西野くんは静かに言った。ようやくふだんの西野くんの声に戻ったようだった。もう泣いてもいない。

「のぞみさん、ごめんね」

しばらくの沈黙のあと、西野くんは言った。

「久しぶりに泣いたよ。姉が死んだとき以来かもしれない」

西野くんの言葉を聞いて、不覚にもわたしは一瞬涙がこみあげた。西野くんの「泣き」が伝染したのかもしれない。

いやだなあ、と言いながら、わたしは西野くんに背を向けた。振り返らずに、男女共用トイレを、出た。

席に戻ると、クラスの男の子たちが猥歌《わいか》をうたっていた。わたしはため息をつき、徳利からお猪口《ちょこ》に酒をついだ。あーあ、と何回でもため息をつきながら、さめた燗酒《かんざけ》を、わたしはちびちびとすすった。

西野くんには、そのあと一回だけ会った。わたしが卒業する日の前日だった。

引き続き就職先に通うのにも便利な場所だったので、新しい部屋に移る必要もなくて、その時期忙しくしていた同級生をしりめに、わたしは毎日をのんびりと過ごしていた。

ドアをたたく音がした。インターフォンがあるのに、といぶかしみながら、わたしはチェーンをしたままの扉を、薄く開けた。

やあ、と扉の開いた細い隙間《すきま》から、西野くんが言った。

やあ、とわたしも答え、チェーンをはずした。

西野くんはさりげない様子で部屋に入ってきた。女の子の部屋に初めて入るときの男の子の態度は千差万別だが、すでにセックスをしたことのある女の子の部屋に入るときの男の子の態度は、それに輪をかけて千差万別である。

西野くんは、手慣れすぎもせず、要心しすぎもしない、ほどよい雰囲気で、入ってきた。やっぱりこの子は大物になるかも、とわたしは思った。

「ねえ、これ、さしあげます」西野くんは言い、ポケットからなにやら銀色に光る細いものを取り出した。

「体温計？」

西野くんのてのひらに置かれたそれは、昔ながらの水色のふたのカプセルに入った、水銀体温計だった。

「うん。姉の持ってたもの」

え、とわたしは息をのんだ。

そんなもの、もらえない。反射的に、わたしは言っていた。

「きもち悪いだろうけど」西野くんは言って、笑った。

うん、きもち悪いよ。わたしはずけずけと答えた。

「でも姉が死んでからは、ずっと僕が使ってたし」と、妙な理屈を西野くんはのべた。

それって、もっときもち悪いよ。わたしが言うと、西野くんは頭をかいた。

だめか。僕のぬくもりがあっても。

「またこのひとは、自分の世界にひたる」

わたしの言葉に、西野くんは大笑いした。それで、なんだかうやむやになった。妙な時期に妙なものを持って訪ねてきた西野くんのことが。

そのままわたしたちは一緒に夕食——昼間のカレーの残り——をとって、セックスはせずに、別れた。

以上が西野くんとのいきさつの全貌《ぜんぼう》である。

へんな男の子だったなあ、と今でもわたしはときおり思い返す。あまり親しくもならず。でもずいぶんと親しかった気分だけは残して。敏感なようで。でもあるところはまるで鈍感で。

子供って、あんなふうなのかな、とわたしは思ったものだった。そういえば、西野くんは土管で出会った日の寝しなに、「姉の子供が女の子じゃなく、男の子だったらよかったのに」と、言っていた。なぜ、と聞くと、西野くんはしばらく黙ってから、「それだと、僕の生まれ変わりってことになるし」と答えた。

そんな。西野くんはそのころ、すでに生きて成長してたんでしょ。じゃ、生まれ変わるなんてこと、できないじゃないの。わたしが言うと、西野くんは口をとがらせ、「でも少なくとも、自己投影がしやすかった」と反論した。

翌朝、わたしが歯をみがいていると、うしろから近づいてきて、西野くんは「考え直した」と言った。なにを、と歯ブラシでいっぱいになった口で聞き返すと、西野くんは、「もう死んでしまったものはしょうがないから、過去のことはあれこれ考えない。そのかわり、これから僕が姉になって、女の子を生む」と言った。

それって、もっと無理。わたしが一蹴《いっしゅう》すると、西野くんはうなだれた。とにかく、僕は納得ができないんだ。西野くんはそう言って、ものすごく低く、うなだれた。西野くんと結局はセックスしてしまったのは、あのときのうなだれた姿勢のためだったのかもしれない。

その後の西野くんの消息は知らない。水銀体温計は、押しきられて結局受けとってしまった。ときおり意味もなくわたしは熱をはかってみる。たいがいは平熱である。はかりおわってから、手首をよくしならせて水銀を下げるとき、体温計が風を切るかすかな音がする。その音を聞くたびに、いつもわたしは西野くんの人生を思わずにはいられない。

いつかある日、姉とその子供に、はたして西野くんはめぐりあうことができただろうか。

膨脹する宇宙の外側が何であるかを、知ることはできただろうか。

生きて、誰かを愛することができただろうか。

とめどないこの世界の中で、自分の居場所をみつけることが、できたのだろうか？

解説

藤野千夜

ニシノさん。西野君。ユキヒコ。幸彦。西野くん。ニシノ。ニシノくん……。

その呼び方もさまざまに、十人の女性が語る彼、ニシノユキヒコとは一体何者だろう。

本書『ニシノユキヒコの恋と冒険』を読み進めながら、まずそんなことを考えていた。

ある意味、「悪い男」なのは間違いない。

やたら女心をもてあそぶというか、とにかく筋金入りの女たらし。

たとえば中学のとき。はじめてのボーイフレンドができた同級生に、

〈「残念だな、僕も山片《やまがた》のこと、ちょっと好きだったんだよな」〉

なんて言って空き地でキスをするし（「草の中で」）、大学では、複数の男と交際する先輩の女子学生に、

〈「誰とでもセックスをする、というのは、ほんとうですか」〉

といきなり無礼な質問をして強烈なインパクトを与える（「水銀体温計」）。会社に入れば、仕事に燃える三つ年上の上司を会議室の暗がりで襲うようにして口説き落とすし（「おやすみ」）、その彼女と恋人の関係になりながら、裏では、誘われるままちゃっかり学生時代に付き合っていた元彼女とも旅行をする（「ドキドキしちゃう」）。

さらに三十代では……（「通天閣」）。四十歳すぎて……（「パフェー」）。五十代半ばになっても……（「ぶどう」）。といった具合では、もう「悪い男」どころか、「ろくでなし」の称号を与えたほうがいいだろうかとも思うのだけれど、そういった長い迷走めいた恋の遍歴を重ねるニシノユキヒコの、抱える苦悩がまた嫌らしい。

〈「どうして僕はきちんとひとを愛せないんだろう」〉（「おやすみ」）

って知らないよ、そんなの。あんた太宰か。人間失格か。

もし友だちの話だったら、逃げてーっ、とすぐに忠告もしたくなるところだけれど、さすがに作中の彼女たちだって、そんなニシノユキヒコとあまり長い時間をともにできるとは考えない。なにしろ彼のうしろには、いつだって他の女の気配がするのだ。

本当は好きではないかも。愛してないかも。ときに彼女たちは無理にでもそう思いながら、多くは自分から別れを決意、または覚悟することになる。もしくは徹底して、彼に気持ちを傾けないように注意しきったり。

で、ここでますます悪いのがニシノユキヒコ。

別れに際して、心から寂しそうに、辛《つら》そうにしたりするのだ。まるで自分が別れに傷つけられた被害者みたいに。いつも最後にはマドンナに去られてしまう、気のいいフーテンの寅《とら》さんみたいに。実際、十篇のうちいくつかの話では、あわてて結婚の意志を示したりもする。もう遅いのに。しかもそんなことのできる男ではないくせに。

どうしたらいい？　こいつ。

とダメ男嫌いの貴方《あなた》なら、すっかりイラつくところだろう。

けれど、そこまで多くの女性と情を交わす彼には、もちろんそれ相応の魅力だって備わっている。憎たらしい。それがどんな魅力なのか、彼についてとりわけ冷静な分析を試みている妙齢の専業主婦、ササキサユリの言葉を借りてみよう。町内の「省エネ料理の会」で知り合い、やがて彼からかかる電話を楽しみに待つようになる彼女は、結婚して三十年以上。すでに娘二人を独立させた身だ（ああ。そんな人まで……）。

〈ニシノくんはまず、なかなかの男前である。ニシノくんはまた、清潔である。ニシノくんはさらに、やさしく礼儀正しい。ニシノくんはおまけに、堅実な会社に勤めている。〉(「まりも」)

〈三十七歳独身。市内に独り暮らし。魅惑の会社員。ニシノユキヒコ。〉(同右)

ふう。参るなあ。そんな小ざっぱりした男が、ふいにこちらに心を開き、どこか寂しそうなかげをちらつかせたりするのだ。それはもう参るに決まっているじゃないか!

というのは、まあ実際には人それぞれの好みなのかもしれないが、この点に関しても、ササキサユリ(この人は本当に恰好《かっこ》いい)は慧眼《けいがん》を披露する。

〈女自身も知らない女の望みを、いつの間にか女の奥からすくいあげ、かなえてやる男。それがニシノくんだった。〉(同右)

つまり彼の姿は、あくまでも女性の好みを反映したものとして、その場にあらわれるのだ。ただ一点、自分(だけ)のものにならない、ということを除いては。

これはどうだろう。なによりつらいことではないだろうか。

一番ほしいものが目の前にあって、でもいつかはなくなってしまうのがわかる……。殺す気かっ、と身悶《みもだ》えしたくなるのも当然で、そのことへの賢明な対処法として、十人の彼女たちは一様に、彼を冷静に見つめようとする。ササキサユリも先の（直前の）くだりには、〈いやな男だ。男にとっても、女にとっても。／そうだ。人は出来すぎたものを、心のどこかで憎むものなのだ。〉といよいよクールな分析を付け加えてもいる。

これはとにかく対象を美化さえしていれば、同時に自分の価値をも高められるといったような、単純でムシのいいタイプの（とりわけ男の）恋愛語りとは、当然ながらはっきりと一線を画している。彼女たちは絶対に見逃さない。彼のダメなところを。彼のいけないところを。彼と一緒にいることで、自分がどんなダメージを負うことになるのかも。

『ニシノユキヒコの恋と冒険』は、そうやって稀代《きたい》のダメ男、ニシノユキヒコのあらゆる時代の姿、恋愛を冷徹な視線で描く一方で、各篇の語り手である女性たちの、そのときどきの気持ち、愛についての考え方を浮き彫りにする。

そしてなんとも胸が苦しくなるような、最高の恋愛小説として完成したのだ。

きつい出来事が山ほど起こる、というタイプの物語ではないはずなのに、読みおわってからじんじんしびれっぱなしだ。床にごろんと転がってもう起き上がれない（なのでこの原稿は寝たまま書いている）。

自分がどのようにして彼と知り合い、どのような関係になり、どのように彼と別れたか。

なにが楽しく、なにがつらく、なにが許せなかったか。

彼女たちの強気な語りの合間にほの見える、隠された気持ち。本当はちゃんと知っていて、自分自身にも隠していたようなこと。いくつかの心残り。未練。誰かと幸せでいたかったという、ただ純粋な願い。なのに自分からその関係を終わらせてしまったこと。本来の夢。苦しみ。失敗……。

それらたくさんの静かな思いに直撃され、私は途中、うえーん、と子供みたいに泣いてしまった。はじめて読んだときも。今回読み返してみても。みっともない、と一応自分で呆《あき》れながら。いやん、そこは反則、と姿の見えない著者に口を尖《とが》らせながら。やわらかな言葉で胸の古傷をえぐられ、ざっくりとどこかに持っていかれてしまった。

同じ思いをする／した読者はどれくらいいるだろうか。

かつて大好きな姉を亡《な》くした、というニシノユキヒコの抱える苦悩も、じつは根は同じところにあるのかもしれない。確かに寂しげな彼の言葉のあれこれには、ときにしんみりとさせられたりもする。

〈「どうしてひとは変わってしまうんだろう」〉（「おやすみ」）だとか。

〈「じゃ、広がっていく宇宙の、そのもっと外側には、何があるの」〉（「水銀体温計」）だとか。

ただし彼の行いに、その苦悩が十分釣り合っているものかどうかはやっぱり疑問だ。

こいつ、悪い。

ただのダメ男だ。

あー、ひっかからなくてよかった。ちょっとひっかかったけど。

そう切って捨てるのが、結局は正しい姿勢に他ならないのだろう。多くの主人公たちが、ちゃんとそうやって今を生きているように。まだ幼かった「草の中で」の主人公、十四歳の〈あたし〉が、毎年、大切なものを空き地に埋めてきちんと大人になって行ったように。

でないといつまでも、ニシノユキヒコのまぼろしに取りつかれてしまうことになる。それは彼自身が、晩年まで（というより「パフェー」にあらわれるその死後まで）、見事にそういう人物になってしまったことからも明らかだろう。

言い換えればニシノユキヒコとは、私たちがつかみそこねた愛の名前なのだ。あるいはなくした時間そのものだと言ってもいいかもしれない。

もちろんそれは、泣いてもわめいても、決して手元には帰って来ないものだ。

（二〇〇六年七月、小説家）

この作品は平成十五年十一月、新潮社より刊行された。

川上弘美著

おめでとう

忘れないでいよう。今のことを。今までのことを。これからのことを――ぽっかり明るくしんしん切ない、よるべない十二の恋の物語。

川上弘美著

ゆっくりさよならをとなえる

春夏秋冬、いつでもどこでも本を読む。まごまごしつつ日を暮らす。川上弘美的日常をおおどかに綴る、深呼吸のようなエッセイ集。

川上弘美著
山口マオ絵

椰子・椰子

春夏秋冬、日記形式で綴られた、書き手の女性の摩訶不思議な日常を、山口マオの絵が彩る。ユーモラスで不気味な、ワンダーランド。

いしいしんじ著

ぶらんこ乗り

ぶらんこが得意な、声を失った男の子。動物と話ができる、作り話の天才。もういない、私の弟。古びたノートに残された真実の物語。

いしいしんじ著

麦ふみクーツェ

坪田譲治文学賞受賞

音楽にとりつかれた祖父と素数にとりつかれた父。少年の人生のでたらめな悲喜劇を貫く圧倒的祝福の音楽、そして麦ふみの音。

いしいしんじ著

トリツカレ男

いろんなものに、どうしようもなくとりつかれてしまうジュゼッペが、無口な少女に恋をした。ピュアでまぶしいラブストーリー。

角田光代著

キッドナップ・ツアー

産経児童出版文化賞フジテレビ賞
路傍の石文学賞

私はおとうさんにユウカイ（＝キッドナップ）された！　だらしなくて情けない父親とクールな女の子ハルの、ひと夏のユウカイ旅行。

角田光代著

真昼の花

私はまだ帰らない、帰りたくない――。アジアを漂流するバックパッカーの癒しえぬ孤独を描いた表題作ほか「地上八階の海」を収録。

梨木香歩著

西の魔女が死んだ

学校に足が向かなくなった少女が、大好きな祖母から受けた魔女の手ほどき。何事も自分で決めるのが、魔女修行の肝心かなめで……。

梨木香歩著

春になったら苺を摘みに

「理解はできないが受け容れる」――日常を深く生き抜くことを自分に問い続ける著者が、物語の生れる場所で紡ぐ初めてのエッセイ。

銀色夏生著

ミタカくんと私

わが家に日常的にいついているミタカと私、ママと弟の平和な日々。起承転結は人にゆずろう……ナミコとミタカのつれづれ恋愛小説。

銀色夏生著

夕方らせん

困ったときは、遠くを見よう。近くばかりを見ていると、迷うことがあるから――静かにきらめく16のストーリー。初めての物語集。

ニシノユキヒコの恋《こい》と冒険《ぼうけん》

新潮文庫　か－35－4

平成十八年八月一日発行

著者　川《かわ》上《かみ》弘《ひろ》美《み》

発行者　佐藤隆信

発行所　株式会社 新潮社

郵便番号　一六二―八七一一
東京都新宿区矢来町七一
電話 編集部(〇三)三二六六―五四四〇
読者係(〇三)三二六六―五一一一
http://www.shinchosha.co.jp

価格はカバーに表示してあります。

乱丁・落丁本は、ご面倒ですが小社読者係宛ご送付ください。送料小社負担にてお取替えいたします。

印刷・株式会社精興社　製本・株式会社植木製本所

ISBN4-10-129234-5 C0193